Laurence Bloch

Radioactive

Stock

Couverture : Julia Bourdet
Photo : © Radio France / Christophe Abramowitz

ISBN 978-2-234-09933-3

« Quelque part au fond de toi il y a cette personne libre dont je te parle. Trouve-la et laisse-la faire du bien dans le monde. »

Toni Morrison

Prologue

Les surprises de la vie

Cet après-midi-là, au tout début du mois de mars, j'avais acheté un couvre-lit qui m'avait tapé dans l'œil lors de mes balades quotidiennes dans le Quartier latin. Il était d'un jaune rare, bouton d'or, une couleur que j'adore car elle me rappelle les après-midi de mon enfance, lorsque le printemps faisait jaillir en profusion ces petites fleurs au cœur des champs. Il venait d'Inde, un pays que j'aime profondément et dont l'énergie m'a toujours inspirée.

J'entamais alors une nouvelle phase de mon existence après une carrière de cinquante ans à Radio France. J'y avais exercé toutes les fonctions offertes par cette grande maison, de stagiaire jusqu'à directrice éditoriale des sept antennes en passant par la direction de France Inter, moment qui reste le plus intense.

J'avais consacré ma vie à la radio, à la fabrique d'objets sonores qui tissent entre les gens un réseau d'affection, d'intérêt et de confiance. Une vie que j'avais adorée et dont j'avais décidé de restituer les moments les plus forts dans un livre, encouragée par Laure Adler, ma camarade de toujours.

J'avais pris un plaisir de plus en plus vif à tresser les fils de ma vie professionnelle et de ma vie personnelle dans ce livre, à faire état d'une émancipation gagnée à la force du poignet, à partager mon histoire publique et intime non comme un trophée mais comme la preuve que rien ne rend plus fort et plus heureux que la fidélité à ses convictions. J'avais aussi envie d'exprimer ma reconnaissance à l'égard de ce collectif professionnel qui m'avait tant stimulée et portée.

En ce mois de mars, j'arrivais presque à la fin de cette traversée solitaire. J'avais fait l'inventaire de mes longues années d'exercice d'un métier qui ne s'apprend pas mais s'éprouve. J'avais raconté l'évolution d'un milieu professionnel qui à mon arrivée, en 1974, n'avait que mépris pour les jeunes débutantes intimidées et fascinées comme je l'étais. J'avais retracé les grands moments de la transformation de France Culture sous l'autorité de Jean-Marie Borzeix, son directeur pendant treize ans.

J'avais évoqué avec émotion les grands moments de France Inter, ceux très heureux des cheveux que je me teignais en rouge pour fêter les audiences, ceux aussi des grandes épreuves, collectives et individuelles. J'avais conclu que ma vraie contribution à l'histoire de la radio, en cinquante ans de carrière, avait consisté à accompagner des dizaines de talents qui aujourd'hui font le succès de la maison.

Dans le bus qui me ramenait chez moi, mon couvre-lit sous le bras, prête à reprendre mon travail d'écriture, une immense mélancolie m'envahit. Ce livre ne parlait que du passé, d'un monde disparu, celui des transistors et des livres sur papier. Il ressemblait déjà à une oraison funèbre pour moi comme pour ce média que j'aimais tant, la radio.

Pile à ce moment-là s'afficha sur mon téléphone le numéro du secrétariat de Rachida Dati.

La ministre m'attendait le lendemain pour me confier une mission destinée à documenter le projet d'une holding rassemblant Radio France, France TV et l'INA et éclairer les parlementaires sur la pertinence du projet.

J'acceptais en moins de quarante-huit heures. Je savais que j'avais encore des choses à dire sur l'audiovisuel public.

Ma fonction de directrice des antennes auprès de Sibyle Veil pendant les deux dernières années de ma carrière m'avait en effet ouvert les yeux sur la transformation irréversible de notre façon de consommer les médias et sur l'urgence absolue pour la radio et la télévision publiques d'allier leurs ressources et leurs compétences au sein d'une maison commune pour affronter la concurrence des plateformes numériques et garantir la souveraineté culturelle du pays.

Imaginer de nouveaux modes d'organisation grâce à cette mission fut pour moi une aventure captivante que je n'ai jamais regretté d'avoir acceptée même si l'intensité s'est quelquefois confondue avec la brutalité. Je savais que j'allais beaucoup chambouler les équipes de Radio France qui, de façon déraisonnable, craignent toujours de se faire avaler par la télévision et considéreraient que je trahissais. J'avais pourtant l'espoir que mon expérience professionnelle leur donne confiance, même si je ne fus pas toujours aidée par une ministre pétaradante et excessive mais qui fut très courageuse, ne reculant jamais devant la bataille. Je dois reconnaître que je me suis complètement trompée et la violence des réactions m'a saisie.

Cette mission changea aussi la nature de mon livre. Il n'était plus seulement question d'écrire des mémoires tournés vers le passé mais de saisir cette occasion pour rappeler ma conviction profonde qu'une démocratie véritable ne peut s'exercer qu'avec des médias publics forts et respectés dont l'état doit accompagner la transformation et assurer la pérennité.

J'ai un jour invité mes équipes à être punk. Pour moi, cela signifiait s'éloigner de tous les conformismes, de tous les dogmatismes, de tous les sectarismes qui assassinent la pensée et le libre arbitre. Une leçon qui m'a été transmise de façon bien inconsciente par mes deux parents et qui m'a permis d'acquérir une liberté dont je ne savais pas, en débutant dans la vie, que je serai capable.

Accepter cette mission fut pour moi un geste de cet ordre.

1

Une jeunesse incertaine

Je suis née et j'ai grandi en province, d'abord dans un tout petit village de l'Oise, Auneuil, jusqu'à l'âge de dix ans, puis dans la région de Lille où toute la famille suivit mon père lorsqu'il fut nommé directeur général du Comptoir Tuilier du Nord, entreprise où il fit toute sa carrière.

À ma naissance, en 1952, il n'y avait pas l'eau courante à la maison. J'ai le souvenir d'avoir accompagné Lina, la femme de ménage, nounou et cuisinière de mes parents, au lavoir municipal pour les grandes lessives. Nous n'étions pas du tout dans la misère. C'était le lot de bien des familles mais ce souvenir compte beaucoup pour moi. Il m'inscrit dans une histoire familiale à laquelle je tiens, où rien n'a été donné d'emblée.

De ces années, j'ai conservé une relation intense à la nature. Ma vraie maison était le jardin dans lequel je me réfugiais dès que possible. J'y vivais toutes les saisons avec passion et même si la campagne de ce village n'avait rien d'extraordinaire, elle offrait à la petite fille que j'étais mille occasions d'observation et d'admiration du vivant, dont elle se sentait membre à part entière.

Toute la communauté du village vivait au rythme de la nature. Je me souviens qu'aussitôt les beaux jours arrivés, nous sortions des salles de classe. Nos leçons se déroulaient dans la cour de l'école maternelle, à l'ombre de grands marronniers.

J'ai partagé mon enfance avec un ami de cœur dont je ne fus jamais séparée pendant dix ans. Nous passions nos jeudis et dimanches ensemble et n'avions aucun secret l'un pour l'autre. Nous étions aussi proches que des jumeaux. Il s'appelait Jean-Marie, ses parents étaient nos voisins. Nos deux mères aimaient partager leur solitude et nos pères faisaient eux aussi bon ménage, jusqu'à ce qu'une brouille brutale sépare à jamais nos familles, peu de temps avant notre déménagement vers le Nord qui scella définitivement la rupture et prit des allures de catastrophe pour moi. Enfants, nous appelions le docteur Charlier, Papa Pierre, et sa femme, Maman Jo. C'est dire la place que cette famille occupait dans nos vies.

Ma mère me confia le fin mot de cette histoire des années plus tard. Pierre Charlier recevait régulièrement dans son cabinet de médecine des ouvriers de l'usine où mon père travaillait comme ingénieur. Lors d'un repas, il déplora leur mauvaise condition physique et compara l'indifférence de leur patron à celle des Juifs, exclusivement préoccupés par le gain.

J'imagine la fureur de mon père face à la persistance des préjugés antisémites, dix ans à peine après la fin de la guerre. À l'époque, je ne sus rien des raisons de cette brouille. Je l'ai vécue comme une injustice révoltante sans jamais pouvoir l'exprimer. Je ne revis jamais Jean-Marie, dont il ne fallait ni parler ni réclamer la présence. La famille Charlier fut bannie de nos vies.

Tout est prétexte à traumatisme de nos jours et j'hésite à utiliser le mot. Je crois tout de même que le brusque départ de ce village, après la brouille avec les Charlier, alors que j'avais à peine dix ans, sans une explication de la part de mes parents, me plongea dans une incompréhension et un chagrin immenses. Je fus arrachée à tout ce qui faisait ma joie. J'étais une petite fille assez peu obéissante, du genre garçon manqué, comme on disait bêtement alors. J'étais surtout inquiète de la concurrence de mon frère et de ma sœur dans le cœur de mes parents, mais j'avais été jusque-là une petite fille heureuse. Je n'ai aucun souvenir de mes adieux à Jean-Marie ni de notre départ. Aujourd'hui encore, je ne peux pas envisager une séparation sans que les larmes me submergent.

L'année du déménagement, hasard ou signe de ma révolte, je m'écorchai violemment un œil à une branche d'arbre dans le jardin de mes grands-parents. La blessure provoqua infection sur infection. J'eus à supporter deux opérations très lourdes de l'œil gauche qui, ajoutées au sentiment d'une perte irréparable, m'enfoncèrent pour de longues années dans l'idée que le pire est presque toujours sûr. Pendant longtemps, comme frappée par le sort, toujours apeurée du lendemain, je devins une adolescente solitaire, craintive, précautionneuse et sombre.

Une fois installés dans le Nord, à l'automne 1962, nos parents nous inscrivirent, ma sœur Valérie et moi, à l'Institution catholique Sainte-Claire. Ma sœur était encore en primaire, j'entrai en sixième. Mon frère Nicolas, à peine âgé de quatre ans, fut confié aux soins d'une institutrice à domicile. Dans mon institution religieuse, j'acquis deux biens : une mémoire imbattable et une capacité de travail déraisonnable. Mais je ne réussis pas à établir de lien entre les leçons qu'on ingurgitait comme de l'huile de foie de morue et l'usage qu'on pouvait en faire dans la vie. Je détestais les mathématiques et la physique. L'histoire ne semblait avoir aucun rapport avec le présent. La philosophie m'interpellait mais elle était enseignée de façon si académique qu'elle ne résonnait pas avec mon existence. Seule la littérature m'emportait vers d'autres horizons que les murs de Sainte-Claire.

Le respect de la hiérarchie et de l'autorité, à la maison comme à l'école, m'étouffait. Je souffrais de la poigne de fer de mon père et du carcan conformiste de Sainte-Claire. Je portais l'uniforme, allais à la messe et au catéchisme une fois par semaine et m'ennuyais ferme pendant les cours.

L'école était moche, la vie était moche, l'avenir s'annonçait pareil, mais je m'y étais résignée.

Mai 1968 réveilla ce que j'avais refoulé pendant des années. J'allais avoir seize ans. Je ne participai pas aux journées enfiévrées de ce mois. Les murs et les oreilles de mon école restèrent imperméables à ce mouvement de contestation mais grâce à la télévision, que nous regardions en famille, et malgré les indignations furieuses de mon père, le mal fut fait. J'avais découvert sur les visages rieurs de tous ces jeunes gens, filles et garçons mélangés, le bonheur fou de la liberté, de la protestation, de l'imagination. Adieu les codes, les obligations, les normes, vive la poésie, l'audace et l'accueil de la vie, dans tous ses états ! Je repris cette révolte à mon compte avec une impatience folle et mis bien en évidence dans ma chambre le Petit Livre rouge de Mao, mais surtout j'étais bien décidée à rejoindre Paris et m'étais mis en tête de devenir journaliste. C'était un métier trop aléatoire aux yeux de mon père mais j'étais sûre qu'il me donnerait l'occasion de vivre d'autres vies, de découvrir d'autres mondes, aussi puissamment qu'avec la littérature.

Mon père ne transigeait pas sur nos études. Elles seules pouvaient, selon lui, nous offrir un avenir solide. Nous n'avions ni patrimoine conséquent, ni réseau d'influence. Il savait d'expérience que la vie peut d'un seul coup s'avérer tragique et qu'il vaut mieux s'y préparer activement. Il nous fallait à tous les trois un métier « sérieux », c'est-à-dire solide et rémunérateur. Nous avions le choix entre avocat, notaire, médecin ou ingénieur. Aucune de ces professions ne me tentait... Je n'en disais rien, me contentant de collecter de très bonnes notes dans la filière littéraire. J'intégrai hypokhâgne et khâgne au lycée Faidherbe de Lille puis m'inscrivis dans une école prestigieuse, l'Institut d'études politiques de Paris.

Après mes deux années de classes préparatoires, je fis donc mes valises pour rejoindre la capitale.

Ma famille maternelle vivait en région parisienne et pouvait m'accueillir, ce qui contribua à convaincre mes parents. J'ignorais tout de cette école, sinon qu'elle était installée au cœur de Saint-Germain-des-Prés, siège de la révolution de Mai 68, et que l'enseignement portait sur des sujets contemporains. J'y entrai en septembre 1973.

Ces années Sciences Po furent parmi les plus stimulantes de ma vie. Chaque enseignement était enfin en résonance avec le présent, et la qualité des professeurs était exceptionnelle. Aujourd'hui encore, je me rappelle la jubilation qui était la mienne quand je franchissais la porte de la rue Saint-Guillaume. Je crois que j'aurais pu y passer ma vie. Je m'y suis fait des ami·es de tous horizons et de toutes origines qui à ce jour font partie d'une constellation d'amitiés indispensables à l'équilibre et l'allégresse de mon existence, constellation que je nommerai « la bande de Carole », du nom de ma meilleure amie, avec laquelle je partagerai l'expérience d'une douloureuse expatriation et qui, comme moi, commencera d'en guérir grâce à la beauté d'une île grecque, notre seconde patrie.

Pendant ces années d'études au cœur de Saint-Germain-des-Prés, je découvris aussi les joies d'une capitale, moi qui n'avais vécu qu'à la campagne, et une nouvelle façon d'être qui nous venait d'Amérique. À quelques mètres de Sciences Po, rue du Dragon, il y avait le Centre culturel américain, une enclave new-yorkaise où se pratiquait un mode de vie inédit. Les gens y circulaient en jean, baskets et tee-shirt, ce qui était inouï à l'époque. On y trouvait des mets exotiques comme les hamburgers, les buns et les cookies, on pouvait y prendre toutes sortes de cours, notamment de danse moderne, auxquels je m'inscrivis aussitôt. On y rencontrait des auteurs, musiciens, chorégraphes qui bousculaient la scène culturelle et le rapport compassé que nous avions avec les arts et lettres. Bob Wilson, John Cage, Carolyn Carlson, Keith Jarrett, Merce Cunningham, Henry Miller, William Burroughs avaient surgi sur toutes les scènes du monde et Paris les accueillait à bras ouverts comme de nouveaux libérateurs.

C'était une période inspirante dont j'ai partagé les joies avec ma tante Nine, la sœur de maman. Elle m'offrait le gîte et le couvert dans la grande maison familiale de Fontenay-aux-Roses, en banlieue parisienne. Elle continua d'habiter cette maison seule, après la mort de mes grands-parents, telle la gardienne d'un temple dont il ne fallait pas laisser la flamme s'éteindre. Elle adorait nous suivre, moi et mes copines, dans nos sorties cinéma, nous accompagner dans nos virées shopping et nos restaurants préférés, notamment chez Dominique dans le quartier de Montparnasse, un restaurant russe, délicieux et baroque tenu par des aristocrates exilés où nous allions déjeuner le samedi à ma sortie de cours. Elle était célibataire. Cette condition lui a sans doute pesé mais lui a aussi offert une liberté dont elle a su magnifiquement profiter. Elle avait fait des études de sage-femme, elle adorait son métier mais la mort brutale de son père l'avait obligée à rejoindre la petite entreprise familiale de couverture-plomberie. Elle ne s'en plaignit jamais et finalement elle dut y trouver son bonheur. Elle y gagnait bien sa vie et n'avait de comptes à rendre à personne. Je la revois encore au volant des camionnettes bleues de l'entreprise, en robe Sonia Rykiel et chaussures Maud Frizon. C'était tout elle, avec un cœur grand comme le monde et une énergie inépuisable.

Ma rencontre avec la radio se fit grâce à un professeur de Sciences Po qui exerçait le métier de journaliste à France Inter. Il me proposa d'y faire un stage d'été. En 1974, c'était une radio déjà puissante, peuplée de « vedettes », comme on disait alors, Claude Villers, Pierre Bouteiller, Jacques Chancel, Ève Ruggieri, Bernard Lenoir, Patrice Blanc-Francard ou Jean-Luc Hees. Tout ce beau monde impressionnait terriblement la petite provinciale que j'étais.

Malgré mon appréhension, je postulai à ce stage et réussis l'examen de passage. Mais je compris dès le premier jour combien l'expérience serait une épreuve. Mes débuts furent âpres, douloureux, laborieux.

2

Mes années d'apprentissage

Je débarquai terrorisée à la Maison de la radio. J'avais vingt-deux ans.

Il y avait tant de monde, de métiers, de mots à apprivoiser et décrypter. Tant de passerelles, de couloirs, de halls, de salles, de cellules de montage dont il fallait imprimer la géographie pour aller plus vite, car l'actualité n'attend pas. Tant de personnalités aussi, peu habituées aux précautions minimales de langage, même avec une débutante.

À l'époque, la rédaction de France Inter était exclusivement masculine, à l'exception d'Arlette Chabot, reine du journal de 8 heures. Elle fumait comme un pompier, gueulait dans les couloirs mais n'était jamais prise en défaut. Elle ne lâchait rien. Je la craignais mais admirais la façon crâne qu'elle avait de tenir tête aux hommes, exigeant qu'un papier soit réécrit, rembarrant les chefaillons, clouant le bec au premier qui se risquait à faire une mauvaise plaisanterie sur elle !

La misogynie et le sexisme étaient à l'époque la norme et au cœur de toutes les blagues. Tout était bon pour que fusent une plaisanterie salace ou des remarques humiliantes. Une nouvelle tenue, une mine fatiguée, un retard étaient aussitôt relevés et interprétés avec des connotations sexuelles insupportables. Chaque femme de ma génération se souvient aujourd'hui de ces moments avec plus de colère que de honte mais dans ces années-là, malheureusement, c'était l'inverse... Je rasais les murs. Beaucoup de femmes peuplaient cette rédaction, presque autant que de journalistes, mais on ne les entendait pas. Elles étaient sténodactylos, embauchées avec de tout petits salaires pour taper les papiers de ces messieurs qui ne manquaient jamais d'être à la bourre et de les engueuler. Elles encaissaient et tenaient bon.

C'était une ambiance délétère pour une stagiaire. J'étais traitée avec moins de considération qu'une chaise et subissais régulièrement des humiliations publiques. La plus violente fut celle que m'infligea Ralph Pinto, méchant homme et journaliste médiocre au service diplomatique d'Inter. Il m'injuria pendant dix minutes, me traitant d'incapable et de petite conne devant toute la rédaction parce que je n'avais pas assez rafraîchi le bulletin d'info mis à la disposition des auditeurs via un numéro de téléphone. Il avait raison, mais la forme était odieuse. Il jouissait de son autorité et de sa virilité. Il était hélas loin d'être une exception. D'autres ont subi des violences bien moins symboliques.

Je m'accrochai, car plus forte que cette peur fut le sentiment grisant d'être au cœur de l'actualité. Enfin, j'étais de plain-pied avec les fracas du monde et j'adorais ça. Je décidai que je ferais tout pour y rester, avec moins de panache qu'Arlette peut-être, mais en apprenant le métier au point qu'il soit physiquement mien, indiscutablement respecté et reconnu, même par les hommes.

Au bout de quelques semaines, je réussis à me faire deux alliés dans la place. C'était peu, sur près de deux cents salariés, mais suffisant pour me redonner confiance. Mes deux amis étaient très différents. Le premier était l'adorable distributeur des dépêches de nuit. Il se baladait dans les couloirs avec son casier en plastique et remettait les dépêches, qu'il avait préalablement découpées, à chacun des services de la rédaction. On était loin des circuits courts de l'information. C'était un réfugié politique tchèque qui n'aimait pas le communisme mais adorait parler de son pays et de Milan Kundera. Il m'écoutait et me réconfortait comme un grand frère.

Le second était Robert West, secrétaire général de l'information, homme austère et peu bavard qui, à la différence du reste des troupes, semblait impressionné par mes études à Sciences Po. À la fin du stage, il me conseilla d'abandonner le journalisme, qui n'était que commentaire, alors que je pouvais peser sur le cours des choses en rejoignant la haute fonction publique. J'osai pourtant exprimer devant lui mon envie de parcourir le monde que seul le métier de journaliste pouvait satisfaire.

Il m'entendit et me présenta à Henri Poumerol. Cet homme haut en couleur, responsable des « Inter-Services », m'embaucha quelques demi-journées par semaine, car j'entrais dans l'année de mon diplôme à Sciences Po. Les « Inter-Services » étaient un pôle marginal de la rédaction d'Inter, constitué de personnalités extrêmement hétéroclites. Sa mission était de délivrer des informations pratiques sur l'éducation, la santé, le sport et la consommation. Un service pour les ploucs, disait la rédaction d'Inter, mais l'ambiance y était détendue et les gens marrants. J'avais pour tâche de rédiger des flashes très courts pour l'antenne, accessibles et efficaces. Il me fallut abandonner le langage distancié de Sciences Po qui faisait pouffer les équipes.

J'eus la chance d'y rencontrer l'un des personnages les plus vivants et les plus attachants de la radio d'alors. Meryem Célarié, aujourd'hui Clémentine, était une femme solaire, curieuse, rieuse, partageuse, passionnée jusqu'à l'excès et qui, comme moi, adorait danser. Avec elle, j'ai vécu les nuits parisiennes les plus éclatantes de ma vie. Nous avions la passion du Palace, le lieu le plus imaginatif et le plus fou du moment. J'ai une intense nostalgie de cet endroit, rue Montmartre, où se pressait une foule compacte, d'une élégance extravagante, scintillante de paillettes et de strass, savamment bijoutée, maquillée, chaussée.

Le Palace était un ancien théâtre. Fabrice Emaer, son propriétaire et fondateur, en avait fait plus qu'une boîte de nuit, un lieu de représentation unique, fantasque et inspiré. Meryem et moi y allions toutes les semaines en sortant du travail. Nous craignions d'être rembarrées à l'entrée mais le bagou de mon amie nous obtenait toujours le signe de tête approbateur et nous franchissions le seuil. La fatigue s'envolait. Nous étions embarquées par la musique disco, le brassage des corps, la beauté, partout. Le lendemain, nous avions sur les paupières des traces de paillettes mais l'énergie accumulée nous faisait tenir. Je pouvais enfin exprimer cette part excentrique de moi-même que je m'obstinais à cacher le jour. Nous étions heureuses.

J'aimais cette triple vie d'études, de bricolage à Radio France et de virées nocturnes, mais je savais aussi que je n'avançais guère professionnellement. Je ne trouvais pas la clé pour accélérer mon entrée dans le métier. Le boss des Inter-Services, fatigué de ma timidité et de mes atermoiements, m'obligea à rencontrer l'un de ses bons amis, le producteur du magazine du matin de France Culture, Claude Dupont, qui accepta de me tester au micro. Il m'envoya pour mon premier reportage couvrir un meeting de la JOC (Jeunesse ouvrière chrétienne) dans le bois de Vincennes. Je ne savais rien du métier, au point que c'est un journaliste de RTL qui installa la bande magnétique sur mon Nagra et la fit tourner. L'intensité de la rencontre au micro m'a immédiatement emportée. C'est ce que je voulais faire : être sur le terrain, micro à la main, faire parler les gens, enregistrer les sons du monde, écouter.

La Fletcher School of Law and Diplomacy, une prestigieuse université américaine dédiée aux relations internationales, me faisait savoir au même moment que j'y étais admise. J'y renonçai sans rien dire à mes parents, prête à vivre de petits cachets au hasard des commandes de Claude Dupont. Rien ne valait, j'en étais sûre, ces moments où la vie s'inscrit sur la bande magnétique.

C'est à France Culture que je commençai donc mon véritable apprentissage de la radio, en 1978. C'était une chaîne très exigeante pour ces auditeurs. Yves Jaigu, son directeur, ainsi que ses conseillers considéraient qu'elle était un espace sacré destiné à un petit cercle de sachants, imperméable au diktat des audiences, des gadgets radiophoniques, de la contamination de l'époque, et qui n'avait pas vocation à élargir son auditoire. Cette posture me choquait mais j'aimais l'obstination fantasque d'Yves Jaigu, son sens de l'humour et son immense culture.

C'était un Breton, têtu et déterminé à ce que sa chaîne reste un lieu d'érudition. France Culture était de fait une plateforme d'avant-garde, unique en son genre, qui offrait des savoirs de toutes sortes mais sans un pouce d'air du dehors. À vrai dire, ce n'était pas une radio. La philosophie y était très présente, tout comme les sciences et l'anthropologie, alors ignorées des autres médias. Le temps long y était le standard ordinaire et aucune émission ne durait moins de quatre-vingt-dix minutes.

L'une des émissions les plus emblématiques, *La Matinée des autres*, était consacrée à l'exploration des cultures extra-européennes. Toutes les émissions n'étaient pas réussies mais cette ambition d'approcher les cultures les plus éloignées des nôtres était remarquable. La mondialisation a paradoxalement effacé ce goût de l'altérité et la parole si féconde des ethnologues et des anthropologues a comme disparu de la planète des médias. Bien d'autres émissions exceptionnelles se déployaient à l'antenne. *Les Chemins de la connaissance*, l'émission de Claude Mettra, petit elfe à la mèche rebelle et aux yeux d'un bleu intense, était unique. Il s'appropriait tous les sujets, en décortiquait les moindres aspects, des *Essais* de Montaigne à l'horlogerie suisse. Il élaborait avec une patience infinie une tapisserie qui n'aurait pas de fin. Lui-même semblait éternel, son travail était hors d'atteinte des modes ou de l'époque.

Le mythique *Atelier de création radiophonique*, inspiré de Pierre Schaeffer et produit par Alain Trutat, était pour sa part un espace radical, dédié à la figuration du monde à partir des sons. Il y avait aussi les paris insensés mais géniaux d'Yves Jaigu pour faire vivre les grandes œuvres universelles, comme *L'Odyssée* d'Homère dont la lecture se déroula pendant vingt-quatre heures à l'antenne.

C'est Yann Paranthoën, inoubliable preneur de son et réalisateur à ses heures sur France Culture, qui m'apprit l'art de la radio. Yann était aussi un Breton, taiseux et buté. Technicien de son métier, il savait repérer, enregistrer et assembler les sons comme personne. Il avait obtenu de sa hiérarchie la possibilité d'affecter une partie de son temps professionnel à la création, un terme qui à son sujet n'était pas surfait. Pas une interview ni le moindre texte ; ses émissions n'étaient que des fragments de sons, des éclats de voix saisis sur le vif et assemblés, disait-il, comme les taches de couleur sur les toiles de Van Gogh, dont il vénérait l'œuvre. Ses grands documentaires, de cent vingt minutes *a minima*, délivraient du sens mais jamais de façon frontale. *Lulu, portrait d'une femme de ménage*, *Nagra*, *Le Tour de France* sont pour moi ses productions les plus emblématiques. Ces superproductions sont difficiles aujourd'hui pour les oreilles du XXIe siècle mais Yann nous a conduits à ce qu'était vraiment l'essence de ce média : l'art de la composition, l'insolence du collage, le risque du métissage des sons, des voix, des formes.

En 1978, je commençai d'exercer le métier de productrice. À l'époque, toutes les émissions étaient enregistrées à l'avance, même le premier magazine du matin auquel je collaborai pendant quelques années. C'est dire l'indifférence du directeur et de son état-major d'alors aux usages classiques de la radio ! Mais France Culture était un lieu unique d'apprentissage et de formation pour qui voulait s'en donner la peine et commençait sa mue.

Celle-ci débuta avec Alain Veinstein et ses *Nuits magnétiques* qui firent souffler un vent nouveau sur la chaîne. La parole vive d'auteurs, de plasticiens, de cinéastes se mit à résonner, tout comme celle des anonymes et des citoyens ordinaires. Une toute nouvelle forme de radio se déploya sur les ondes et en révolutionna les codes. Il ne s'agissait pas de transmettre du savoir mais de laisser affleurer et s'exprimer le sensible, sans effacer les silences ou les hésitations. Alain se méfiait des professionnels. Il s'était entouré d'artistes qu'il aimait et respectait et d'une équipe de réalisateurs exceptionnels qui surent donner à l'émission une texture radiophonique propice à l'écoute nocturne et au lâcher-prise. La radio n'était plus seulement une affaire de raison, mais aussi d'émotion et de sensation. Ces *Nuits* furent un pavé dans la mare des radios traditionnelles.

Ce fut aussi une réussite exceptionnelle qui nous ouvrit à toutes et tous, jeunes producteurs, un horizon immense.

Je les ai écoutées sans relâche, elles ont infusé en moi et m'ont beaucoup appris. Ne pas craindre le silence, risquer la question qu'on n'attend pas, ne pas confondre la bande magnétique avec une fiche de renseignement, être du côté de ce qui bouscule et enflamme… C'était ça, la radio, et cela m'emballait.

Au fil des mois et des années, j'étais de plus en plus à l'aise dans mon métier. Claude Dupont et son acolyte Jacques Fayet m'avaient associée à leur entreprise et désignée comme leur « successeure », mais la vie me prit de vitesse. Après un conflit violent avec Yves Jaigu, Jean-Noël Jeanneney, président de Radio France, décida de nommer à sa place Jean-Marie Borzeix, ancien journaliste à *Combat* et éditeur au Seuil. Il avait quarante-quatre ans et allait marquer durablement la chaîne en y faisant grandir toute une génération de producteurs : Jean Lebrun, Patrice Gélinet, Marion Thiba, Emmanuel Laurentin, Marc Voinchet, Colette Fellous, Philippe Meyer ou Alain Finkielkraut.

Jean-Marie aima passionnément France Culture, qu'il dirigea de 1984 à 1997. Le premier, il considéra qu'un média à vocation culturelle ne pouvait pas se contenter d'être un réservoir de savoirs, qu'il devait prendre sa part dans l'explicitation du temps présent. Dès son arrivée, il fit entendre qu'il bousculerait les programmes, les habitudes et les postures. En septembre 1984, un tout nouveau France Culture se déploya sur la bande FM. Il y eut des combats homériques entre les tenants du dogme Jaigu et ceux des bouleversements Borzeix... Ils trouvaient une arène dans la presse quotidienne, notamment à *La Croix* dont Jean Lebrun, rallié à Jaigu, était l'un des rédacteurs en chef. Ironie de l'histoire, Jean reprendra avec panache et maestria le magazine du matin de Culture et en fera une émission de référence.

Jean-Marie était journaliste. Il lui semblait impensable de ne pas avoir une matinale en direct pour offrir aux auditeurs le panorama de l'actualité, avec pour invités les meilleurs spécialistes et les plus grands universitaires ; impensable de ne pas avoir d'émissions en public pour établir un lien charnel avec les auditeurs et faire écho aux grands débats sociétaux et idéologiques du moment. Il voulait faire de cette chaîne une radio vivante et accessible.

L'Esprit public, *Répliques*, *L'Histoire en direct*, *Culture matin*, *Le Rendez-vous des politiques*, *Le*

Bon Plaisir inauguré de façon éclatante par un entretien exceptionnel de trois heures trente entre Marguerite Duras et Marianne Alphant furent des réussites exceptionnelles. Le geste le plus audacieux de Jean-Marie fut la création du *Pays d'ici*, émission hybride, mi-magazine, mi-documentaire, réalisée en direct tous les soirs depuis une région de France. Ce format était un pied de nez aux tenants d'une vision rassie, élitiste et mortifère de la culture. Grâce à Jean-Marie, la chaîne trouva un équilibre entre la couverture du monde contemporain et la transmission du savoir. Cette double promesse me convenait beaucoup plus que celle de l'ère Jaigu et pourtant, en 1985, je décidai de quitter la chaîne, le cœur serré mais résolue.

À son arrivée, Jean-Marie porta si peu d'intérêt à mon travail qu'il m'aida à prendre une décision radicale. Je m'embarquai pour une aventure compliquée, hasardeuse mais incroyablement stimulante d'un séjour au long cours dans un pays africain qui venait d'acquérir son indépendance et avait renversé le système d'apartheid le plus cruel au monde, le Zimbabwe. L'homme que j'aimais, Paul, y partait pour deux ans et je m'étais décidée à le suivre.

3

Paul

Je rencontrai Paul au printemps 1981 alors que la France était en pleine effervescence. Je suis encore ébahie par l'ampleur de la transgression que cette rencontre allait m'obliger à assumer vis-à-vis de mes parents, de mes amis sagement mariés avec des partenaires de leur âge, et surtout de moi-même.

En apparence, Paul était l'opposé de ce que j'étais. Il était marié, de douze ans mon aîné, père de famille, et bien décidé à vivre librement même si le prix à payer pour sa famille comme pour ses partenaires était élevé. Il préférait toujours la rupture à la contrainte. Il détestait les conformismes. Il était aventureux, entreprenant et insouciant jusqu'à l'inconscience. Sa première femme, Jacqueline, rattrapa bien des situations scabreuses. Il n'hésitait jamais à dire publiquement ce qu'il avait à dire, au risque de se mettre en danger ou d'être écarté du champ professionnel auquel il appartenait, celui des ingénieurs et des architectes, et rien ne lui était plus étranger que les arrangements entre clans ou amis. C'était un véritable militant, écolo avant l'heure. Mais surtout Paul était corse.

Je le rencontrai pour la première fois lors de journées d'échanges organisées par la revue *Autrement*, créée par Henry Dougier. Depuis des années, cet homme documentait toutes les formes d'expérimentations éthiques et technologiques qui travaillaient la société française et il organisait aux quatre coins du territoire de grands raouts avec ceux qui inventaient d'autres façons de produire, de consommer, de travailler, d'habiter. Paul était de ce monde-là.

Après des études à l'École des ponts et chaussées, il avait acquis un diplôme d'architecture et était devenu un spécialiste des énergies renouvelables et des constructions en terre après une rencontre avec le grand architecte égyptien Hassan Fathy. Ce dernier l'avait initié à l'observation attentive de l'environnement avant tout geste bâtisseur. Il étudiait aussi les voies possibles d'une production agricole et pastorale pour sauver la Corse d'une colonisation qui ne disait pas son nom. À cette époque, tout le système était organisé en faveur du tourisme de masse. L'objectif était de tirer le maximum de profit d'un environnement exceptionnel, sans souci du long terme ni des insulaires.

C'est à ce titre qu'il participa à ces trois jours de débats et d'ateliers en Dordogne. J'y cherchais de mon côté des sujets pour les programmes d'été de France Culture. Je me disais que l'association Corse/Nouvelles énergies ferait de bonnes émissions.

En arrivant sur le lieu de la rencontre, organisée en plein champ sous une toile de tente, je découvris une sorte de chaman à la barbe drue et noire, au teint mat, chemise très blanche sous sa veste bleu de Chine à col Mao. Paul irradiait de conviction et de bienveillance. La salle était sous le charme de cet original venu d'un territoire farouche qu'on approchait avec autant de curiosité que de crainte.

Je mentirais en disant que l'énergie solaire me passionnait, mais la personnalité de cet homme m'intrigua. Je remarquai une alliance de bonne taille à sa main gauche et passai vite à autre chose, en me disant que sa femme avait de la chance. À la fin de la séance, je me présentai pour organiser une interview. Il accepta l'idée d'une émission mais exigea qu'elle se fasse dans la région d'Ajaccio où il vivait, pour que ses arguments aient une résonance immédiate avec le terrain et la vie des gens. Je me retrouvai trois semaines plus tard en Corse, en plein mois d'août.

C'était ma première visite sur l'île. Je me rappelle l'odeur sucrée des eucalyptus, le bleu métallique de la Méditerranée mais surtout la lumière qui irradiait les corps et les visages et leur donnait l'apparence du bonheur. Pour moi, habituée aux paysages et à la retenue des gens du Nord, c'était une révélation. Paul ne quitta plus jamais mon existence, même si notre relation a souvent ressemblé à un grand huit, alternant les immenses joies et les grands désespoirs.

J'ai immédiatement envié et admiré la relation fusionnelle qu'il entretenait avec la Corse, moi qui avais senti le sol se dérober sous mes pieds lorsqu'on m'avait annoncé sans précaution le déménagement vers un lieu dont je ne connaissais rien. Elle parlait à cette partie de moi que j'avais eu à abandonner alors, à l'enfant heureuse au cœur de la nature, des arbres, des champs, du ciel. Son appartenance filiale à cette île était pour lui une raison suffisante de vivre. Être à ses côtés en Corse m'enracina dans une histoire et un territoire. J'admirais qu'il se batte pour des causes qui lui tenaient à cœur sans jamais s'avouer vaincu, qu'il se contente de plaisirs minuscules qui le rendaient heureux. C'était un homme debout, au service du bien commun.

Depuis des années, il s'indignait de voir l'île livrée aux promoteurs immobiliers avec la complicité du personnel politique. Bétonner le littoral sans mesure, abandonner l'arrière-pays étaient communément admis comme la seule option de développement. Cela signifiait la ruine pure et simple de l'île. Paul ne cessa de dénoncer les connivences de certaines institutions avec des notables bien connus pour leur mépris de la loi, mais qui avaient le portefeuille généreux et la gâchette facile. Quelques mois avant son décès, il rédigea une lettre qu'il rendit publique à l'Ordre des architectes de Corse, protestant contre le choix, pour la remise des diplômes de la promotion 2015, d'un complexe hôtelier en bord de mer. Le lieu était magnifique mais sa construction et sa réalisation s'étaient faites en dehors de tout respect de la loi littorale, en grignotant largement sur le domaine public avec force menaces et intimidations. J'avoue que j'ai un peu craint les représailles. Paul, lui, s'en fichait.

Il était la vie même. Tout l'intéressait et le passionnait. Il entreprenait mille choses sans se soucier de la vie matérielle. Il n'était ni raisonnable ni prudent. C'était un ogre, plein d'appétit, toujours en mouvement, quelquefois cruel mais qui embarquait dans ce qui fait l'essentiel d'une vie, la passion. Il ne craignait ni de parler des choses personnelles, ni d'écouter. Aux premiers jours de notre vraie rencontre, il me demanda de ne jamais hésiter à lui exprimer ce que j'éprouvais, pour le pire comme le meilleur. Cette invitation à prendre la parole sans crainte me changeait heureusement des habitudes familiales. Jamais je ne me suis ennuyée avec lui. Jamais je n'ai eu le sentiment de passer à côté de la vie. Il était à l'opposé de l'image que j'avais fabriquée de moi-même, raisonnable, prudente, sérieuse. Mais s'embarquer dans une histoire sentimentale avec lui fut une expérience éprouvante.

C'était un homme marié, il avait une famille, et même s'il prenait beaucoup de liberté avec les apparences et la morale, il n'en était pas moins respectueux d'un certain nombre de liens familiaux. Je n'ai jamais rencontré sa mère, pas plus que sa famille dans les vingt premières années de notre relation. Paul, pourtant si peu conventionnel, m'avait déclaré un jour qu'il ne divorcerait jamais tant que sa mère serait en vie. Pour l'ardent défenseur des vertus de Mai 68, c'était plus qu'un paradoxe ! Vivre une relation avec lui, c'était accepter une double vie, endosser le costume de la clandestine, vivre des moments de grande solitude et s'interroger constamment sur l'issue de cette aventure.

En 1984, une grande déception politique lui donna l'envie d'aller voir ailleurs. Il avait espéré être élu président du Conseil de la culture, de l'éducation et du cadre de vie de la Corse mais son frère Tonì lui avait été préféré. Il accepta donc une mission de deux ans en Afrique, au Zimbabwe, un pays alors mieux connu sous le nom de Rhodésie, pour contribuer à son développement et sa reconstruction.

Il me proposa de l'accompagner, une occasion, me dit-il, de voir si nous étions capables de vivre ensemble. Nous nous connaissions et nous fréquentions depuis trois ans déjà et je trouvai l'argument léger. Il était risqué pour moi de m'éloigner d'un métier dans lequel j'étais encore précaire, mais je sentis que si je ne partais pas avec lui, je le perdrais. Et c'était impossible.

Je ne sais plus comment je parvins à dire à mes parents que je partais au bout du monde par amour. Je ne le formulai certainement pas en ces termes. J'ai surtout le souvenir d'avoir vanté mon embauche auprès de plusieurs employeurs, RFI et *La Croix* notamment, et de les avoir invités à venir découvrir ce pays tout nouvellement indépendant et, paraissait-il, superbe.

Au début de l'année 1985, j'embarquai donc seule pour Harare avec deux valises, un magnétophone, de l'appréhension mais surtout l'impatience de retrouver Paul. J'avais eu l'occasion d'y passer trois semaines l'été précédent alors qu'il s'y installait et j'avais été saisie par la beauté sèche, sévère mais magnétique de ses paysages. L'essentiel du pays était occupé par le bush avec, de loin en loin, ses arbres secs et torturés comme de grands sarments de vigne. Ce paysage de vide saisissait comme un retour à des temps primordiaux. Ce presque rien faisait l'effet de l'éternité. Le pays ne comptait qu'une grande ville, Harare, sa capitale. Les autres ressemblaient à des petites villes de western traversées par une grande route, dotées de quelques commerces et restaurants dans lesquels des pancartes « *For whites only* » étaient restées sciemment accrochées aux portes.

Cette expérience africaine fut passionnante, exaltante et exigeante, comme toute expatriation, mais elle ne scella point un destin commun entre Paul et moi. Je revins en France moins d'une année plus tard, à l'automne 1985, seule, pleine de doutes et de chagrin. Paul rentra dix ans après son départ pour l'Afrique, exsangue financièrement. Les contrats avec les grandes institutions internationales avaient cessé et le régime de Robert

Mugabe devenait de plus en plus pressant sur la contribution financière des expatriés.

Paul tut toujours les difficultés rencontrées avec les paysans de sa ferme africaine qu'il ne réussissait plus à payer et qui mirent le feu à son logement. Il ne s'appesantit jamais sur les échecs de sa vie professionnelle et les manquements de certaines personnes qu'il croyait être ses amis. Il retourna en Corse, empli du même désir de contribuer à son avenir.

Il me fit savoir qu'il était rentré mais, pendant des années, ne chercha aucunement à me revoir jusqu'à ce jour de 2001 où je reçus un coup de fil dont je ne sus que faire. C'était juste avant la Toussaint, je venais de rejoindre Laure Adler à la direction de France Culture. Paul m'invitait à venir le voir en Corse, ce qui, me dit-il, lui causerait un bonheur immense. L'hésitation me tortura plusieurs jours. J'avais peur que Paul se contente de renouer une liaison sans engagement ni projet commun, et de revivre une déception atroce. Mais j'y allai, n'écoutant que la petite voix qui répétait combien il me manquait.

J'eus raison. Depuis ce jour, nous ne nous sommes plus quittés, jusqu'à son décès brutal le 1er avril 2016 dans un village du Nord-Liban. C'était un dernier pied de nez de sa part, lui qui aimait les mauvais jeux de mots et les contrepèteries ringardes. Il fut emporté en une demi-heure par une embolie pulmonaire alors qu'il était en mission pour aider à la reconstruction de villages en proie à des conflits communautaires violents. Il était littéralement à bout de souffle, épuisé par une hépatite jamais guérie et une vie bien chahutée. Son décès fut un choc incommensurable, rien ne m'y avait préparée. Je l'avais eu la veille au téléphone, déclarant qu'il était en pleine forme et qu'il adorait ce pays pour sa générosité, sa résilience phénoménale et… ses mezze. L'immense affection de ma famille et de celle de Paul, de mes amis, de tous les membres de Radio France m'aidèrent à tenir, ainsi que la conviction que quelque chose s'était accompli entre nous, que nous avions été à la hauteur des sentiments que nous avions éprouvés l'un pour l'autre pendant trente-cinq ans malgré les conventions, les séparations, les chagrins, les ressentiments inutiles.

Durant nos quinze années de vie commune, nous nous sommes mariés et avons acheté une maison. J'ai enfin rencontré sa famille, la famille Casalonga, ses frères, ses sœurs, ses neveux et nièces, une famille respectée dont quasiment tous les membres étaient engagés d'une façon ou d'une autre dans le destin de l'île et la recherche d'une autonomie raisonnée. Des militants, diront certains, plutôt des artisans obstinés habités par le projet d'une île solidaire, sobre et inventive. J'ai vu grandir ses petits-fils, j'ai profité de l'inestimable générosité de ses enfants lorsque mon père veuf passa ses derniers étés en Corse accompagné de ma tante Nine qui s'éprit de l'île et de Paul avec une même passion. Ils furent accueillis et choyés comme des membres de la famille à part entière.

Avant ces années de vie commune, il m'avait fallu vivre l'âpreté d'une relation clandestine que l'aventure africaine avait changée en impasse. Une aventure que je n'ai pourtant jamais regretté d'avoir vécue.

4

L'expérience africaine

L'Afrique australe me déstabilisa pendant des semaines. Elle n'avait rien à voir avec l'Afrique francophone, ni dans son apparence ni dans son organisation.

Je connaissais un peu ce continent car j'y avais réalisé plusieurs reportages, notamment au Burkina Faso. J'avais surtout fréquenté assidûment le musée de l'Homme, place du Trocadéro. C'était un lieu que j'adorais parcourir pour me donner l'impression de partir, même quelques heures, vers des contrées qui me passionnaient. J'avais été pénétrée par la lecture d'un très grand écrivain malien, Amadou Hampâté Bâ. C'est lui qui m'avait conduite d'abord vers ce continent, qui m'avait fait approcher son espace mental, découvrir la sophistication et la spiritualité de sa représentation du monde, sa poésie, la complexité des relations interpersonnelles et des liens intrafamiliaux, le lien organique, existentiel avec la nature.

En posant le pied au Zimbabwe je ne retrouvai rien de tout cela ; je me cognai d'abord à l'apartheid, à l'effacement méthodique de la culture noire. Je cherchai en vain l'exubérance de l'Afrique de l'Ouest et sa créativité. Il n'y avait pas de marchés, la vie des populations africaines se déroulait dans les townships, elle était organisée pour ne jamais se mélanger avec celle des populations blanches ; pas de boubous spectaculaires pour les femmes ni de tissus chatoyants, mais des blouses de domestiques ou des vêtements occidentaux pauvres et râpés. Pas d'échoppes, pas de bouis-bouis ; pas de réparateurs multifonctions. Mais des quartiers résidentiels occupés par des villas aux jardins impeccables, ponctués de supermarchés glauques, puis des kilomètres de no man's lands interminables et les townships faits de baraques en tôle et autres matériaux de récupération.

Avant de m'embarquer pour cette nouvelle vie, je cherchai à en savoir plus sur ce pays méconnu et grappillai avec difficulté quelques bribes d'information sur son histoire récente. Longtemps colonisé par les Britanniques gourmands de ses ressources minières, administré économiquement et politiquement par la British South Africa Company de Cecil Rhodes auquel il dut son nom de Rhodésie, le pays vécut pendant plus d'un siècle sous un régime d'apartheid féroce, plus cruel encore que celui de l'Afrique du Sud.

Après une lutte de libération qui dura quinze ans, il gagna enfin son indépendance en 1980 et prit le nom de Zimbabwe, « la maison de pierre » en shona, qui fut celui de la capitale médiévale de l'empire du Grand Zimbabwe et dont avec Paul nous avons parcouru les ruines. Le silence et la beauté du lieu ouvraient notre imaginaire à ces civilisations si mal connues dont nous sommes tous les descendants.

À mon arrivée, cinq ans après l'indépendance, les stigmates de l'apartheid étaient encore dans toutes les têtes et la minorité blanche ne lâchait rien. Elle était incapable d'admettre qu'elle avait abusé d'une terre, qu'elle en avait chassé les habitants. Elle continuait d'estimer que le pays n'existait pas avant la colonisation. La façon dont cette minorité défendait encore ses privilèges était désespérante. Les parcs étaient réservés aux Blancs, les centres-villes à leurs villas, alors que les townships, éloignés des zones de résidence blanches, n'étaient desservis que par quelques bus délabrés et bondés. Le monde des Blancs du Zimbabwe était fermé sur lui-même, incapable d'accepter l'autre, détestant tout ce que représentait Paul. Il appartenait à cette armée de consultants venus aider au développement d'un pays que les colons considéraient comme le plus avancé d'Afrique. Ce point de vue était acceptable tant qu'on n'allait pas dans les townships, dans les baraques misérables attribuées aux domestiques des résidences blanches, tant qu'on ne se penchait pas sur les écarts de niveau de vie des Noirs et des Blancs et qu'on décidait d'ignorer la ségrégation imposée à chaque moment de la vie, dans chaque espace du territoire, sans réserve ni exception.

Dès notre premier séjour dans un parc naturel, le ton fut donné. Paul et moi étions partis au centre du pays pour quelques jours découvrir un parc naturel. Nous logions dans un charmant hôtel dont la propriétaire était une femme blanche d'une cinquantaine d'années. Les clients étaient tous blancs, le décor était celui d'un cottage avec ses canapés et ses fauteuils recouverts de chintz. Le service était calqué sur des habitudes britanniques, l'*early morning tea* servi dans la chambre à 6 heures tapantes du matin, la cravate était obligatoire pour être servi le soir dans le dining-room. Rien ne laissait penser que nous étions au cœur de l'Afrique, si ce n'était la couleur de peau du personnel. Lorsque la propriétaire nous a demandé d'où nous venions et ce que nous faisions au Zimbabwe, Paul répondit qu'il était en mission pour aider le pays à se relever de l'apartheid. Elle nous tourna le dos sans un mot.

D'autres expériences furent plus cruelles encore. Alors que nous cherchions un logement, nous visitâmes une immense demeure dont les propriétaires partaient pour l'Afrique du Sud, comme tant d'autres. Nous avions été accablés par les conditions de vie des domestiques, parqués dans ce qui ressemblait à des écuries, bouleversés par leur demande pressante de les garder si nous prenions la maison. Les propriétaires ne les avaient pas autorisés à sortir de leurs taudis pour nous rencontrer. Les mains accrochées aux barreaux des fenêtres, le visage angoissé, ils nous imploraient. Le bon vouloir des Blancs décidait encore de la vie des Noirs, économiquement et socialement. Après cinq ans d'une indépendance gagnée au prix d'une lutte sans merci, le pays était encore en proie à un racisme endémique.

Il n'était pas facile de nouer des liens sincères avec les habitants d'un pays pour lesquels notre couleur de peau était synonyme d'asservissement, d'acculturation et de brimades ; pas facile de pénétrer dans les townships sans avoir la sensation pénible d'être des intrus et des voyeurs ; pas facile de mesurer le dénuement absolu de la population noire, même celle qui était au service des Blancs et aurait dû vivre décemment, notamment dans les villes.

Je réussis à conjurer cette distance grâce à Stevens et Margareth, un couple qui m'aidait à entretenir notre petite maison à Harare. À l'époque, la machine à laver le linge et *a fortiori* la machine à laver la vaisselle n'étaient pas envisageables, pas plus que l'aspirateur. J'avais peu de goût pour les travaux ménagers, et nous trouvions normal de donner du travail aux Zimbabwéens. Nous embauchâmes des gens de maison, comme on disait alors, ce qui n'était pas seulement un luxe de petits Blancs mais aussi un devoir moral à l'égard du pays. C'est ainsi que Margareth et Stevens vinrent travailler chez nous. Nous nouâmes une relation de confiance et approchâmes la vie ordinaire des Zimbabwéens : les trajets interminables et quotidiens pour venir travailler, le peu de stabilité dans les couples, la résilience absolue des femmes, le trésor que représentait pour eux une simple paire de draps neufs, les repas exclusivement constitués de farine de maïs. Ces indices étaient précieux pour percevoir ce qu'était la vie de l'immense majorité des gens de ce pays.

Une autre rencontre allait nous ouvrir plus grand encore les portes du Zimbabwe, celle de Wilson Katiyo, jeune écrivain zimbabwéen, sa femme française Brigitte et leurs deux enfants, Tondé et Eloisha. Avec Wilson qui s'était engagé très jeune dans le mouvement nationaliste africain et avait dû se réfugier à Londres dès 1965, les échanges étaient plus faciles. Auréolé de son statut d'écrivain reconnu à l'étranger, il était revenu dans son pays, confiant et déterminé à participer à son avenir. Il n'y parvint pas et, comme tant d'autres, noya dans l'alcool toute capacité à écrire et à agir. C'est lui qui nous emmena pour la première fois à la National Gallery d'Harare, fondée par un Britannique original, Frank McEwen, esthète et découvreur des sculptures shonas, œuvres magistrales d'artistes contemporains noirs, taillées dans la pierre ; c'est lui qui nous introduisit à notre premier concert de m'bira, cet instrument fait de pauvres morceaux de métal qui résonnait de façon magique pour tous les Zimbabwéens ; c'est lui qui nous raconta ce qu'était la vie d'un Noir en Rhodésie ; c'est lui qui nous fit découvrir l'un des lieux les plus inspirants du pays, les immenses rochers de Domboshawa, ronds comme des dos d'éléphants, posés en pleine nature, œuvres des dieux ou des ancêtres, égayés par des grappes d'enfants vendeurs de colliers de graines et de cosses. C'est lui qui nous invita les dimanches à partager les barbecues, les *braais*, comme on disait là-bas, et nous fit rencontrer de jeunes militants sud-africains antiapartheid réfugiés au Zimbabwe.

Nous avions des relations d'affection et d'estime avec ce couple. Il était un trait d'union entre notre vie d'avant et notre vie d'alors. Les coopérants, affairés pour la majorité à profiter des privilèges des Blancs et à se plaindre de leurs gens de maison étaient infréquentables et les Zimbabwéens bien difficiles à approcher. Outre la différence de la couleur de peau, outre la distance matérielle entre la communauté noire et la communauté blanche, nous ne disposions pas des canaux traditionnels qui nous auraient permis de pénétrer la réalité mentale, psychique, affective et esthétique du pays. Pas de musées, pas de monuments emblématiques, peu de livres, peu de presse, rien de ce qui en Europe incarne une histoire et une identité n'offrait de clé. Il fallait chercher, derrière ce grand vide, comment accéder à l'immense culture du Zimbabwe.

Ce couple fut une chance inouïe et l'une des rencontres les plus intenses de ma vie. Ils avaient chacun leur trajectoire mais ils s'étaient lancés avec loyauté dans une histoire amoureuse. Brigitte avait tout quitté pour rejoindre Wilson au bout du monde et gagnait l'argent du ménage. Elle était mince comme un fil, aussi réservée qu'il était bavard mais elle avait une force de conviction inébranlable et avait pris fait et cause pour l'indépendance du pays. Elle fut pour moi une précieuse alliée et une amie chère. Wilson était imprévisible, fantasque, solaire mais paumé. Le pays qu'il retrouvait était libre mais ne faisait aucune place aux intellectuels et aux artistes.

Son couple, malgré la résilience de Brigitte, fit naufrage assez vite. Il repartit seul en Europe, d'abord à Paris, accueilli par des amis écrivains, puis à Londres où il mourut d'un cancer à l'âge de cinquante-six ans. Brigitte rentra de son côté en France et éleva quasiment seule ses enfants en reprenant son emploi de traductrice aux Nations unies. Elle ne se releva jamais de son échec avec Wilson, qu'elle aimait profondément.

Si l'on cherchait à sortir des cercles des coopérants, vivre au Zimbabwe était très exigeant. Avec Paul, nous réussissions pourtant à reconstituer le puzzle du pays, géographique, historique, culturel. Mon boulot de journaliste m'y aida.

J'avais quitté Radio France mais je travaillais comme pigiste pour Radio France Internationale et le journal *La Croix*. Mon boulot était de couvrir l'actualité et c'était une gageure car les outils à ma disposition étaient rudimentaires. J'avais pour tout environnement professionnel mon téléphone fixe, un abonnement au *Herald*, le seul journal en langue anglaise qui existait, et l'amitié de certains confrères dont le correspondant de l'AFP, qui m'alertait des mouvements importants dans le pays, mais aussi en Zambie, en Angola, au Mozambique et au Botswana, tous désormais indépendants et décidés à participer à la chute de l'apartheid qui écrasait encore l'Afrique du Sud.

Avec mon magnétophone et l'assistance d'un jeune ami étudiant zimbabwéen, j'allais dans les townships. Je m'offrais même le luxe d'organiser des virées dans la zone la plus dangereuse du pays, le Matabeleland. Il était habité par l'ethnie des Ndebeles, ennemis héréditaires des Shonas, peuple majoritaire au Zimbabwe, dont le chef Robert Mugabe était au pouvoir. Robert Mugabe et son rival du Matabeleland, Joshua Nkomo, s'y affrontaient. La province ndebele était la proie de rétorsions sévères et le pays menacé de partition. Je parcourais des kilomètres de bush pour saisir la réalité de la vie de cette province et dénoncer les exactions du pouvoir. L'appréhension de tomber aux mains de civils armés ou de soldats de l'armée régulière, pas beaucoup plus rassurants, mêlée à un sentiment de liberté agissait sur moi comme une drogue dont j'avais du mal à me passer.

Je ne sais pas comment je suis devenue en quelques mois cette aventurière si peu intimidée par les risques. Peut-être parce que, ayant décidé de rester à Harare pour assumer mon boulot de correspondante, je vivais seule et devais m'habituer à me barricader le soir contre les vols et les intrusions. Pour son projet, Paul habitait à Bikita, tout petit bled à trois cents kilomètres de la capitale. Peut-être parce que le courage de la lutte des Zimbabwéens m'inspirait. Surtout parce que la lecture assidue des romans d'André Brink et de Doris Lessing m'encourageait à me prendre pour l'une de leurs héroïnes.

Petit à petit, je m'habituai aux nouvelles conditions de mon métier et à son imprévisibilité. Ma hantise était d'être réveillée au cœur de la nuit par la rédaction parisienne de RFI et d'avoir à gérer la couverture d'un événement dramatique, mais j'étais heureuse de constater que je me débrouillais seule dans un environnement peu familier, et cette manière de faire du journalisme me passionnait. La satisfaction de mes chefs me stimulait, les commandes de papiers ou de sujets s'accéléraient, j'avais le sentiment de me faire une place dans ce pays et dans le milieu des correspondants à l'étranger.

C'est au Zimbabwe que je rencontrai Pierre Haski, correspondant de l'AFP en Afrique du Sud. C'était un moment exceptionnel pour cette partie du continent. Les mouvements de libération avaient gagné tous les pays, la pression montait et la figure de Mandela rayonnait. J'étais au cœur de l'actualité, dans un monde qui m'était totalement étranger, et ce décentrement me donnait un surcroît de vitalité. Rien n'était acquis, ni dans les amitiés, ni dans les façons d'être, ni dans les habitudes.

L'époque, de plus, s'annonçait heureuse pour les Zimbabwéens. Robert Mugabe tentait de ne pas précipiter le pays dans le vide. Les Blancs étaient invités à rester, les infrastructures fonctionnaient, les touristes étaient choyés. Le pays tournait et l'avenir semblait radieux.

Mais quand les Blancs ont fini par quitter massivement le pays dans les années 1990, les Freedom Fighters, combattants de la lutte pour l'indépendance, réclamant des terres, le pays a glissé vers le désordre et une grande instabilité économique. Comment s'en étonner après des siècles d'asservissement ? Il est difficile pour un peuple de prendre le train de la modernité. Les Noirs n'avaient pas eu accès à une éducation digne de ce nom, ils n'avaient pu profiter d'aucune ouverture au monde technologique, commercial ou industriel. Hormis vendre leur force de travail, rien n'était attendu d'eux. Ils avaient trouvé l'énergie de regagner leur liberté, mais cette victoire ne leur avait pas donné les outils pour gouverner un pays dans un contexte mondialisé.

Je crois que j'étais heureuse de ma vie au Zimbabwe comme peut l'être une équilibriste. L'épreuve de la solitude me fortifia mentalement et psychologiquement. Les visites de la famille, en particulier de ma sœur Valérie et de son compagnon Didier, toujours fidèles, et de nombreux amis étaient toujours stimulantes. Leur curiosité ranimait la mienne et la séduction qu'opérait le pays me faisait oublier tout ce qui me manquait. Quand ils repartaient, la nostalgie me submergeait.

J'étais minée par le sentiment que Paul s'enracinait dans sa vie de bushman. Je sentais combien cette vie frugale le comblait, lui qui aimait tant inventer, fabriquer de ses mains, entreprendre. Comme d'autres coopérants blancs, il ne dédaignait pas l'aura que sa qualité lui donnait dans le district, notamment auprès des jeunes femmes. Il s'éloignait du monde qui restait le mien. Je m'en effrayais. Un jour d'automne, à la fin de l'année 1985, Jean-Marie Borzeix, tout nouveau directeur de France Culture qui m'avait passablement snobée à son arrivée, me passa un coup de fil pour me dire qu'il avait quelque chose à me confier, que la chaîne avait besoin de moi et qu'il m'attendait ; j'ai immédiatement saisi cette main tendue.

Je pense toujours à l'Afrique avec beaucoup de nostalgie. À la fierté des Zimbabwéens qui venaient de gagner leur indépendance ; au sourire de Margareth et Stevens ; à l'atroce dénuement des townships dont les toits en zinc ondoyaient au soleil ; à la beauté des ciels au couchant ; à l'étrangeté d'animaux que je ne connaissais que par mes imagiers ; aux chants qui s'élevaient des cases, le soir ; aux fleurs de jacarandas, au rouge carmin des *flame lilies* ; à l'enfermement mental des Blancs ; aux femmes pliées sur leur lopin de terre, un bébé sur le dos, tout le jour durant ; aux litres de bière de maïs engloutis par les hommes à chaque jour de congé ; ce sont autant de fragments de ma mémoire reconnaissante.

5

Psychanalyse et guerre des origines

Six ans après mon départ du Zimbabwe, après d'innombrables allers-retours, d'interminables coups de téléphone, ne pouvant plus ignorer que j'avais perdu Paul, je me décidai à démêler les raisons de mon attachement à cet homme. J'entamai une psychanalyse appelée à devenir un autre voyage. Elle dura treize ans sans discontinuité. Je passai des heures à ressasser l'histoire qui s'était achevée avec Paul, je versai des larmes à remplir des baignoires. Mais une autre figure masculine allait très vite s'imposer. Sans surprise, ce fut celle de mon père.

J'avais des relations conflictuelles avec lui. Pendant mon enfance et mon adolescence, il avait été un père autoritaire, quelquefois très violent verbalement. J'ai le souvenir encore brûlant d'une anecdote qui dit sa dureté. Nos parents avaient acheté une maison en Dordogne. Ils mirent plusieurs années à la restaurer. Nous y passions toutes nos vacances d'été. Dans les premières années, nous y campions dans la journée et retournions dormir dans un hôtel de Souillac. Cet été-là était enfin le bon, celui au cours duquel nous devions prendre possession de la maison et y vivre pleinement.

Comme d'habitude, nous descendîmes avec nos parents, chacun dans sa voiture, pour transporter ce qui était nécessaire à un mois de vacances, dont les ustensiles de la nouvelle maison. Maman avait bouclé les bagages à 3 heures du matin. Cette tâche lui revenait intégralement, comme toutes les charges domestiques. À l'arrivée, après dix heures de voyage, drame. L'escalier qui devait nous permettre de monter à l'étage n'était pas posé. Papa a explosé de colère contre maman, comme si elle était responsable des manquements du menuisier, avec une violence que je n'oublierai jamais. Maman, exténuée, sanglotait. Elle se défendit comme elle pouvait. C'était insoutenable.

Ces scènes n'étaient pas rares. Je haïssais mon père dans ces moments-là. Il ne supportait pas la contradiction, ne savait pas gérer ses émotions et demandait beaucoup à ses proches. Adulte, je ne supportais plus ses prises de position radicales qui ne laissaient aucune place au dialogue, son ironie dévastatrice, son exigence perpétuelle, ses manies. Mais j'étais aussi tourmentée par l'intuition que cet homme, sous ses apparences tyranniques, cachait une sensibilité immense. Il était adoré de ses amis, drôle, plein d'esprit, généreux, empathique ; il était d'une grande rigueur morale dans chacune de ses positions. Alors pourquoi était-il si différent avec sa famille ? Je souffrais de ne rien comprendre à son fonctionnement, cela me rendait folle. L'analyse m'aida à éclaircir ce personnage paradoxal et l'énigme du couple de mes parents.

Les premières séances de psychanalyse se firent en face à face. L'autorité bienveillante de la femme que j'avais devant moi correspondait à ce dont j'avais besoin : c'était quelqu'un de solide qui me tenait la main, m'écoutait, me secourait. Dès la première rencontre, elle m'avait parlé du cadre, de la régularité et de la fixité des séances, de la parole absolument libre, du paiement en espèces. Une pratique aussi normée me rassurait. C'était pour moi un signe extérieur de raison et de discipline, assez solide pour que je me lance dans ce qui reste une aventure imprévisible.

L'aménagement du cabinet correspondait à ce que j'aimais : des livres et des objets qui parlaient d'un ailleurs mental ou géographique, des statuettes africaines, des tapis d'Orient, des reproductions de divinités grecques. Tout me plaisait et me réconfortait chez cette femme. Je m'embarquai les yeux fermés dans ce voyage qui m'occupa à hauteur de deux, parfois trois séances par semaine. C'était comme se précipiter du haut d'une falaise, avec une confiance totale dans la force de ma partenaire. Je pouvais me tromper, patiner, souffrir, mais j'avançais, convaincue que seul le temps long pouvait dénouer la pelote des affects et des répétitions. Cela tenait à la qualité de la relation nouée avec ma psychanalyste.

Le face-à-face m'a d'abord rassurée car il était pratiqué chez n'importe quel individu chargé de soigner. Au bout de quelques semaines, la psychanalyste me proposa de m'allonger sur le divan qui m'avait sauté aux yeux dès ma première visite et représentait pour moi le côté obscur de la psychanalyse. J'étais terrorisée à cette idée et m'y opposai pendant plusieurs séances. Elle ne m'obligea pas mais y revint à plusieurs reprises jusqu'au moment où je lui dis : « Mais suis-je si gravement atteinte ? » Sa réponse fut inattendue : « C'est au contraire parce que vous êtes plus forte. Le face-à-face était dans nos premières séances une nécessité. Je vous sentais dans une telle détresse que je devais vous tenir hors de l'eau par le regard. Aujourd'hui, vous allez mieux, c'est la raison pour laquelle je vous propose de vous allonger pour travailler. »

« Vous allez mieux » et « pour travailler » furent des formules libératrices. Je me décidai. La force de cette relation m'a fait persévérer et réussir. Car, oui, le temps de la psychanalyse est long, le coût lourd. C'est une alchimie qui tient au miracle de l'association patiente de fragments épars d'émotions, de souvenirs, de chagrins, d'échecs, qui prennent sens et reconfigurent notre rapport au monde. Beaucoup de critiques et de campagnes de dénigrement se sont succédé ces derniers temps contre l'analyse. J'ai envie d'y répondre comme aux adversaires de l'avortement. Personne n'oblige quiconque à avorter ni à entamer une psychanalyse. L'expérience m'a été suffisamment profitable pour que je rassure celles et ceux qui hésitent à franchir le pas, souvent sidérés par la longueur du processus. En écrivant ces lignes, le mot « reconnaissance » me vient à l'esprit. L'analyse et la radio m'ont sauvée de l'enfermement dépressif, m'ont ouvert un espace d'expression qui m'était interdit, ou que je m'étais interdit. Le pouvoir pacificateur de la parole, la puissance de la voix m'ont donné tranquillité et équilibre.

L'expérience de la parole libre a été absolument capitale pour moi. Je venais d'une famille où les émotions ne se disaient pas, où chagrins et afflictions étaient dissimulés. L'amour et l'affection étaient indubitablement présents, mais on ne les exprimait pas. On se faisait du souci pour les gens qu'on aimait, on était prévoyant, attentif, mais on ne se disait pas qu'on s'aimait. Mon père était un inquiet compulsif, intraitable sur le respect des règles, allergique à l'injustice et au mépris des faibles. Ma mère était pudique, plutôt boudeuse, absolument dévouée à sa famille, anxieuse d'être à la hauteur de ce que son mari attendait d'elle. Elle avait du caractère mais s'efforçait de ne donner aucune prise aux emportements de mon père. Elle avait aussi de vrais dons artistiques qu'elle ne laissait pas s'épanouir mais qui épataient son époux. Petite troupe silencieuse et obéissante, nous enfants nous soumettions à leurs humeurs tout en vivant dans un confort total. La peur de manquer ne nous a jamais habités, rien ne nous était refusé lorsqu'il s'agissait de nos études.

Mon père avait fait l'École centrale. Lorsqu'il prit la responsabilité d'une grosse entreprise dans le Nord, il eut à cœur de ne jamais faire défaut à ses centaines de salariés et à leurs familles. C'était une entreprise familiale. Rien ne vint troubler sa carrière jusqu'à la mort de son fondateur. Il donna au Comptoir Tuilier du Nord toute son ardeur et son intelligence pendant plus de trente ans ; il en fut licencié en cinq minutes par le fils aîné. L'héritier ne mettrait pas dix ans à couler la société avant de se tuer dans un accident de la route au volant de sa voiture de sport. Du drame personnel que ce licenciement fut pour mon père, ni lui ni ma mère ne nous parlèrent. Nous étions pourtant tous adultes depuis longtemps.

Ma mère ne travaillait pas. Elle vécut mal le départ de ses enfants mais elle aimait s'occuper de sa maison et faire de son foyer un lieu accueillant, à l'image de sa propre mère. À l'opposé, sa sœur cadette Nine adorait profiter du monde extérieur. Ce qui faisait souffrir ma mère, ce n'était pas sa vie domestique mais sa dépendance financière. Il arrivait que mon père lui reproche ses dépenses ou qu'elle se trouve dans l'obligation de lui demander de l'argent. Elle aspira de toutes ses forces à une existence plus libre pour ses filles.

Mes parents formaient un vrai couple et se souciaient profondément l'un de l'autre mais l'orage n'était jamais loin, sans que nous comprenions pourquoi. Ce dissensus incompréhensible m'a torturée pendant des années. Je ne supportais plus l'autoritarisme vindicatif de mon père, les plaintes de ma mère sur ses difficultés à vivre avec lui. Je me suis épuisée à arranger les choses, à leur faire plaisir pour que la paix du ménage cesse d'être compromise. Ma sœur et mon frère se moquent encore aujourd'hui de ma crainte des drames familiaux et ne cessent de me répéter « Keep cool » ou « Pas de drame ». L'analyse, parce qu'elle m'a permis de rassembler des morceaux de mémoire et de passé, a levé une partie du voile sur le paradoxe de mes parents.

Issue d'une famille catholique, auvergnate et antisémite par conformisme, ma mère avait épousé mon père par amour. Lui venait d'une famille juive persécutée pendant la guerre. Il se convertit au catholicisme pour se marier sans choquer sa belle-famille. C'est une histoire dont nos parents ne nous ont jamais rien dit. Les pressions avaient été si fortes à l'époque qu'il ne fallait à aucun prix les réveiller. Nous n'avons jamais rien su de ces tensions entre appartenance familiale et loyauté amoureuse. Mon père n'évoqua sa conversion après la guerre que de façon furtive. Ma mère ne nous en parla jamais. Je n'en ai pas de ressentiment, nos parents voulaient nous protéger. Mais le réel est toujours plus fort que le silence. L'apprivoiser fut le sens de mes longues années de psychanalyse.

Enfant, ma famille était celle de ma mère, la famille Louvradoux. Nous en étions proches géographiquement et intimes affectivement. Nos grands-parents nous accueillaient le dimanche à bras ouverts dans la grande maison de Fontenay-aux-Roses, nous offraient des Noëls mémorables, nous emmenaient sans relâche au Jardin d'Acclimatation ou au Muséum d'histoire naturelle et nous cuisinaient des coquillettes au jambon et à la crème les samedis où nos parents étaient de sortie. C'était une famille aisée, généreuse et qui nous aimait sans conditions.

La famille Louvradoux était auvergnate, originaire du bourg de Salers, et cette appartenance faisait leur fierté plus que l'aisance financière. C'était la matrice de la famille, le lieu de tous les attachements. Tous les étés, jusqu'à la mort de mon grand-père en 1960, la famille s'installait dans l'appartement des arrière-grands-parents, situé en plein centre du bourg, au-dessus de la boucherie dont ils avaient été propriétaires. Le décor était inchangé : portraits d'aïeuls aux visages fermés et sévères sur les murs, poêles à bois, napperons sur chaque meuble disponible.

Nous comprenions que nous venions d'une famille très modeste. Le fils aîné, Georges, mon grand-père, avait quitté le domicile à l'âge de dix-huit ans, expédié par ses parents à Paris pour gagner sa vie et soulager sa famille. Il avait fondé une entreprise de couverture-plomberie qui fit sa fortune et sa fierté. Nous éprouvions la tranquillité de ceux qui appartiennent à un lieu et connaissent leur filiation. Aveugle et sourde au patronyme que je portais, dans mes premières années je n'eus aucun doute sur le fait que j'étais une Auvergnate pur sucre. J'incluais mon père dans cette généalogie. Il avait adopté la région et en arborait les us et coutumes, comme la dégustation excessive de charcuterie, la pêche à la truite ou l'apéro Salers cassis. Sa belle-famille le craignait et le respectait; il avait non seulement fait des études mais intégré une prestigieuse école d'ingénieurs. J'appris bien plus tard qu'il ne fut pas considéré tout de suite d'un bon œil. Ma grand-mère lui avait fait savoir qu'il n'était pas bon pour des enfants d'avoir des « parents de confessions différentes ».

De ma famille paternelle, je sus peu de choses pendant des années et n'en fus pas curieuse. Je ne connus pas mon grand-père paternel, René, qui mourut d'un cancer du poumon peu de temps après la fin de la guerre. Mon père en parlait peu, sauf pour dire qu'il était sévère ou pour évoquer les épreuves qu'il avait traversées pendant la guerre de 14-18. Lui aussi s'était fait tout seul, comme mon grand-père maternel. Jeune homme, il occupait l'emploi modeste de vendeur dans un magasin de tissus à Metz, où il rencontra ma grand-mère. Plutôt hardi, il proposa à cette dernière de mettre leur force de travail à leur service plutôt qu'à celui de patrons peu reconnaissants. À force de labeur et d'ingéniosité, ils ouvrirent une boutique, À la ville de Mulhouse, et réussirent à en vivre confortablement jusqu'à la veille de la guerre.

En 1938, mon grand-père, attentif à l'hystérie politique qui s'était emparée de l'Allemagne, décida de mettre sa famille à l'abri. Il parvint à organiser le départ de presque tous ses membres à Roanne, dans la Loire, où il se relança dans le commerce de tissus.

Enfant, je n'avais qu'une lointaine familiarité avec la famille Bloch. Elle était très éloignée géographiquement et scindée en deux : ma tante Simone, unique sœur de mon père, vivait à Strasbourg où elle exerçait le métier de médecin hospitalier, et ma grand-mère, alors veuve, vivait à Roanne où elle avait tenu à rester après la mort de mon grand-père pour faire tourner le magasin et conserver son indépendance. C'étaient deux maîtresses femmes.

Pour moi, il n'y avait pas de port d'attache dans cette famille. Mon père ne regrettait pas Metz où il était né. La seule maison dont il parlait avec émotion était la maison de Commières, près de Roanne, louée par mon grand-père à l'arrivée de la famille élargie en 1938. Outre sa femme et ses deux enfants, mon grand-père y avait accueilli l'une de ses deux sœurs, tante Alice, ses frères, ses belles-sœurs et ses beaux-parents. Une autre de ses sœurs dont nous découvririons très tard l'existence, tante Sophie, ne les avait pas rejoints, pour son malheur.

Mon père parlait peu de sa vie avant sa rencontre avec maman. Il lâchait des anecdotes qui, jamais relayées ou questionnées par notre mère, s'éteignaient vite. Nous n'osions pas l'interroger plus avant. Nous avons compris très tôt qu'une question mal posée pouvait déclencher sa colère. Nous tentions de saisir des bribes de récit au cours des repas familiaux, plutôt rares, entre les deux familles. De ces quelques occasions de rencontres à Roanne, Strasbourg ou Fontenay-aux-Roses entre les Bloch et les Louvradoux, je garde en mémoire quelque chose d'inexprimable qui flottait, un léger malaise, une réserve. Il y avait de la courtoisie, le souci de bien se recevoir, mais la famille de papa conservait toujours son quant-à-soi et se livrait peu, surtout lorsque les enfants étaient présents.

La psychanalyse me permit d'affronter et de recomposer, seule, l'histoire de mon père. En 1940, il avait seize ans. Il était très conscient des raisons pour lesquelles son père avait décidé de déménager vers le sud de la France une bonne partie de sa famille. En 1942, il entra au lycée du Parc à Lyon. Il n'évoqua jamais le danger que représentait la présence de Klaus Barbie, l'un des plus cruels criminels de guerre nazis, comme si l'affection de ses camarades et la vie lycéenne avaient effacé le reste. Ses parents et sa sœur furent contraints de disparaître dans la nature la toute dernière année de la guerre. Mon père n'eut alors plus aucune nouvelle d'eux et en fut profondément marqué. Ils eurent la vie sauve grâce à l'amitié et au courage d'une des vendeuses du magasin de mon grand-père.

De cette histoire vécue par une famille juive qui était la nôtre, on ne nous parla pratiquement pas, ni de la conversion de mon père pour épouser maman. La libération fut pour tous les deux un moment de fête et leur rencontre un coup de foudre; mais leur mariage fut une bataille intime et familiale pour l'un et l'autre, qui continuait de les affecter de façon souterraine. Il fallut un accident de ma mère pour que des bribes de récit affleurent enfin.

En 2001, une dissection de la crosse de l'aorte faillit l'emporter. Elle fut sauvée *in extremis* par l'obstination de mon père à la faire hospitaliser et l'habileté d'un chirurgien. Cette rupture brutale d'un vaisseau sanguin exprimait aussi le trop-plein de sentiments qu'elle refoulait depuis des années. Ma sœur Valérie revint de Nouvelle-Calédonie en urgence et maman lui révéla des choses qu'elle avait sur le cœur depuis longtemps. Ses parents, confia-t-elle, avaient pris l'habitude pendant la guerre d'inviter à leur table des officiers allemands pour faciliter les affaires de l'entreprise. Exaspérée et choquée par ce comportement, elle les avait menacés de « foutre le camp », c'étaient ses mots, s'ils s'obstinaient à fréquenter « les boches », comme on disait alors.

Nous n'avions jamais rien su de cette proximité de notre famille maternelle avec les Allemands, dont mon père était informé. Elle rendait plus amère encore la demande pressante de ma grand-mère que ses petits-enfants aient des parents de même religion. Ma mère était sans doute dans une grande intranquillité par rapport au comportement de sa famille pendant la guerre.

Ce que j'appelle « la guerre des origines » fut donc central dans mon analyse. En bâtissant pierre après pierre mon histoire familiale, je réussis à donner du sens aux réactions de mon père et à comprendre le dilemme profond qui l'avait habité. Adopter, juste après la guerre, la religion catholique qui ne s'était pas illustrée contre les persécutions des Juifs, cela pouvait s'apparenter à une trahison. Mon grand-père paternel mourut quelques semaines après le mariage de mes parents sans y avoir assisté. Le doute a dû vriller le cœur de mon père pendant des années. Bien portant, mon grand-père serait-il venu à la cérémonie de mariage de son fils, à l'église, aux côtés des parents de sa belle-fille ?

Je suis sûre aujourd'hui que l'inquiétude et l'émotivité de mon père tenaient au traumatisme de la guerre et à sa conversion. Il était incapable de franchir tranquillement une frontière, s'obligeait à préparer une liste de tout ce que nous emportions pour la remettre au douanier ; la démarche était si inhabituelle qu'elle en devenait suspecte ; nous étions donc systématiquement arrêtés et fouillés. Le comportement de papa face à l'uniforme mettait maman hors d'elle. Elle ne le comprenait pas. Elle était peu curieuse de l'histoire de sa belle-famille. Jeune fiancée, elle avait été mal reçue par son beau-père et en avait été pour longtemps blessée. Elle était par ailleurs suffisamment occupée à stabiliser son couple.

J'ai le souvenir d'un déjeuner de famille dans un petit restaurant parisien du côté de l'IMA, un dimanche. J'avais alors plus de quarante ans, commencé depuis quelques années ma psychanalyse et apprivoisé l'idée qu'une partie de moi était juive et que ce n'était pas une catastrophe. Adolescente, j'avais assimilé la judéité au destin concentrationnaire et la découverte qu'une partie de mon identité me vouait à ce destin m'avait terrorisée. Au milieu du repas, parce qu'il fallait que j'obtienne de mon père des mots sur son passé d'enfant et d'adolescent juif, je posai une question sur la vie de sa famille à Commières, près de Roanne, pendant la guerre. Il répéta ce qu'il nous avait déjà raconté sans jamais recourir au mot « juif » : mon grand-père avait réussi à sauver tous les membres de sa famille. Mais, ajouta mon père à la stupéfaction générale, l'autre sœur de son père, tante Sophie, veuve et commerçante à Rouen, avait refusé de les rejoindre car elle se sentait en sécurité dans son quartier. Elle fut dénoncée, déportée et mourut au camp de Sobibór.

Pour la première fois ce jour-là apparut une tante dont personne n'avait jamais entendu parler. Nous apprîmes que la tragédie de la Shoah avait directement touché notre famille. Nous fûmes abasourdis. Maman fut contrariée car elle ne savait rien non plus de l'histoire tragique de cette tante assassinée. C'est au cours de ce déjeuner que je compris la solitude de mon père et mesurai la force qu'il lui avait fallu pour « aller vers sa fiancée », comme lui avait conseillé à l'époque l'un des pères de la communauté des missions étrangères à Paris, un ancien camarade de lycée auquel mon père avait confié ses doutes avant de prendre la décision de se convertir.

La menace mortelle dans laquelle la famille Bloch avait vécu avait marqué mon père très profondément. Il n'oubliait pas mais se taisait. Les ruptures fracassantes en raison de propos antisémites, nous les mettions sur le compte de son mauvais caractère. Lorsqu'en de rares occasions il parlait de sa vie d'avant ou de son père, pourtant exigeant et autoritaire, une émotion intense et une mélancolie poignante le saisissaient.

Un matin d'hiver lumineux et très froid de décembre 2005, mon père, mon frère Nicolas et moi, ainsi que ma tante et ses deux enfants, François et Agnès, nous retrouvâmes dans un tout petit village du Forez, Saint-Jean-la-Vêtre. Mon grand-père y avait été caché par le curé du village dans le grenier de son presbytère.

Après plusieurs visites de la Milice lui réclamant son or, mon grand-père avait compris que l'arrestation était imminente. Il se décida à quitter son domicile pour vivre dans ce grenier la dernière année de la guerre, sans nouvelles de sa famille, ses cigarettes pour seule compagnie. Grâce au courage de ce prêtre, il échappa à la mort. Mon père et ma tante avaient décidé de faire les démarches auprès de Yad Vashem pour que le père Antoine Girardin soit reconnu comme Juste.

Ce matin-là, en présence de notre famille, des gens du village et des membres de la famille du père Girardin, le titre devait être remis au neveu du prêtre alors décédé. Lorsque mon père prit la parole dans la toute petite mairie, il fut submergé par l'émotion. Il évoqua son père, l'admiration qu'il lui vouait parce qu'il avait sauvé ceux qu'il aimait de l'épouvante nazie. J'ai mesuré la force de l'attachement qu'il portait à sa famille. L'horreur de cette époque était encore en lui. J'ai fait le lien entre l'exigence et la dureté de mon grand-père René et la sienne. Tous deux n'avaient qu'un but, prémunir les leurs du pire, ne jamais se laisser aller, rester vigilants et sur leurs gardes.

Un jour que je me plaignais de sa sévérité auprès de l'un de ses meilleurs amis, centralien comme lui, Paul Edeikins, ce dernier me fournit une réponse alors incompréhensible : « C'est parce qu'il vous aime et veut le meilleur pour vous. » Il faut du temps pour comprendre la tyrannie d'un père qui cherche à vous protéger du pire.

Lorsque je commençai ma psychanalyse à l'âge de trente-neuf ans, j'avais déjà quelques indices de ma double appartenance. À l'âge de dix ans, j'avais découvert dans une armoire de la maison de ma grand-mère paternelle, à Roanne, une ceinture en brocart chatoyante. Ma grand-mère me confia qu'elle avait été portée par mon père pour sa bar-mitsva. Mais je ne comprenais même pas le sens de ce mot !

À la même époque, à Roanne, j'avais assisté à ce qui ressemblait à une bénédiction prononcée par le mari de ma tante, dans une langue qui m'était parfaitement inconnue. Mon cousin et ma cousine semblaient la pratiquer aisément. Ce rituel m'avait plongée dans la perplexité et la méfiance. Je ne compris pas non plus l'angoisse de mon père pendant la guerre de Kippour ni sa fureur contre les familles, comme les Dassault, qui abandonnaient leur patronyme. Mais comment aurais-je pu imaginer que la famille de maman, si aimante et chaleureuse, ait été proche des Allemands ? Que mon père, si excessif et autoritaire, ait été en réalité du côté des victimes ? Comment habiter une histoire familiale avec tant de non-dits ?

Ma mère décéda en mars 2006. Ce fut un chagrin immense pour nous tous et un tsunami pour mon père. Il ne pouvait imaginer vivre seul. Il vint s'installer à Paris, au-dessus de mon appartement et à quelques étages de ma tante Nine. Elle m'aida au quotidien à l'accompagner dans cette épreuve du feu qu'est le veuvage, malgré une dialyse sévère. Jamais elle ne le laissa prendre un repas seul. Elle descendait de son septième étage pour cuisiner, aidée par l'inestimable Micheline qui avait veillé au bon fonctionnement de la maison de Fontenay-aux-Roses et continua d'accompagner la famille. Le week-end, mon frère et les siens prenaient le relais. Ma sœur, installée à Montréal, entretint avec lui une relation épistolaire qui fut un soutien essentiel. Elle parvint à lui faire partager une autre approche de la vie. Je me souviens encore de mon père allant toucher les arbres au parc Montsouris, sur les conseils de ma sœur, pour puiser de leur force. Il aurait probablement moqué cette pratique lorsqu'il était tout-puissant, ma mère à ses côtés ! Cette chaîne de solidarité nous rapprocha les uns des autres. L'affection qui me lie à ma sœur et mon frère est grande mais je n'ai jamais réussi à parler avec eux des méandres de notre histoire, comme si une charge explosive pouvait se déclencher à tout moment. Je les confie à ce livre.

Papa nous impressionna par son courage, sa détermination à rester curieux du monde, à continuer d'apprendre. Il assistait aux cours du Collège de France, il apprit l'hébreu avec une ferveur bouleversante. L'analyse me donna les outils nécessaires pour décrypter ses réactions et l'assister pendant deux ans et demi jusqu'à sa mort d'un cancer du pancréas, épreuve atroce que la présence d'un médecin humain et attentif adoucit. À sa mort, j'eus le sentiment que nous avions pu nous réconcilier, que j'étais arrivée à réparer l'ignorance dans laquelle j'étais restée si longtemps. Quelque chose dans notre relation pourtant si conflictuelle fut résolu.

Me reste de lui une question sans réponse, formulée lors d'un voyage que nous fîmes ensemble, avec maman, en mai 1996 en Alsace. Nous allions consulter les registres d'état civil de Bergheim, le village dont était originaire la famille Bloch. Mon père avait entrepris des recherches généalogiques. Je suis incapable de me souvenir de sa formulation, chaque fois je craignais l'incendie, mais ma question tournait autour de l'identité juive. Mon père me répondit d'une traite : « Si on se sent juif, on va s'installer en Israël, sinon on s'assimile. » Après un temps de silence il ajouta : « Mais si on s'assimile, on accepte la disparition du peuple juif. » Paradoxe, toujours. Cette question reste entière pour moi. Qu'est-ce qu'être juif aujourd'hui, en France ?

6

France Culture : le monde appartient à ceux qui l'écoutent

Il y a la silhouette d'un homme debout au bord du toit de l'Opéra de Paris, scrutant le ciel irisé de l'aube, vaste comme l'univers. Au fronton de cette image, une signature : « Le monde appartient à ceux qui l'écoutent. » C'était l'affiche de France Culture du temps des années Borzeix. Aucun slogan n'a mieux exprimé le pouvoir, la force et la singularité de cette chaîne.

France Culture, à bonne distance de l'actualité, jouant du temps long comme d'un allié, loin de la pression de l'audimat, a su et sait encore cultiver ce rapport exceptionnel au monde.

J'y ai passé trente ans de ma vie professionnelle, y ai appris tous les métiers de la radio. Je suis passée de pigiste au cachet à productrice, puis directrice adjointe auprès de quatre directeurs et directrice différent·es. J'y ai nourri des amitiés indéfectibles et des inimitiés coriaces. J'y ai vécu la chance unique de ne jamais cesser d'acquérir des connaissances que seules l'école et l'université sont en capacité de fournir, de fréquenter des artistes et des intellectuels et de me tenir éveillée aux mouvements du monde et des idées.

J'ai travaillé aux côtés de Jean-Marie Borzeix pendant plus de dix ans, d'abord comme productrice puis très vite comme directrice adjointe. En 1987, il me nomma productrice coordinatrice, chargée d'animer une équipe de dix documentaristes et de produire *Le Pays d'ici*, une émission itinérante dédiée à la vie de tous les coins de France, surtout les plus méconnus. J'eus tout de suite la conviction qu'il fallait parler du pays tel qu'il était et sortir des clichés d'un pays rural, bucolique et éternel.

Je voulais qu'on entende la France des années 1980, celle des transformations économiques, de l'abandon des industries traditionnelles, de l'émergence de villes nouvelles, des banlieues qui commençaient à grandir avec une énergie formidable, des projets culturels et urbanistiques qui se développaient. Ce pays bougeait, se transformait dans la douleur mais aussi avec optimisme. C'est ce mouvement que *Le Pays d'ici* devait saisir et traduire. Je voulais aussi qu'aucune semaine ne se ressemble et que l'incroyable marqueterie des territoires, des mentalités, des accents s'imprime à l'antenne. Il fallait donner le goût de la France aux Français.

Ce fut pour moi la première expérience d'une responsabilité éditoriale mais aussi managériale. L'intendance était lourde, il fallait jongler avec les plannings, calibrer les itinéraires, toujours plaider la cause de l'artistique auprès des services transverses de Radio France, très administratifs à l'époque. Il fallait aussi que je m'impose auprès d'une équipe dont j'avais été membre pendant des années et que d'autres collègues pouvaient prétendre diriger. La majorité des documentaristes étaient d'ailleurs des femmes ; ces messieurs restaient les pieds au sec dans les studios parisiens.

Tout en assumant mon autorité, je me suis obligée à expliciter mes convictions éditoriales, à solliciter des propositions avec un vrai souci d'écoute et d'accompagnement. Une fois passé le premier temps d'incertitude sur la légitimité de mon autorité, j'ai pris conscience que j'adorais piloter l'équipe comme une sœur aînée attentive et exigeante.

La bande que nous avons constituée était soudée comme peut l'être une équipe de cinéma sur un tournage. Nous goûtions les charmes du montage des bandes magnétiques dans des chambres d'hôtel, des dimanches soirs glauques dans de mauvaises pizzerias, de la réalisation acrobatique de l'émission dans un car studio stationné sur des places publiques ou des trottoirs avec la crainte que l'émission s'arrête brutalement parce qu'un agent des PTT avait par erreur débranché les lignes. C'était une radio de terrain, parfois mal fichue mais en prise directe avec la vie.

Semaine après semaine, nous avions un bonheur intense à raconter le pays dans lequel nous vivions et faire entendre ces « vies minuscules » auxquelles l'auteur Pierre Michon a consacré l'un de ses plus beaux livres, ces hommes et ces femmes condamnés au silence, qui mènent leur vie du mieux qu'ils peuvent et font tourner le monde. Au sein de France Culture, notre émission suscitait un mépris féroce, autant de la part des barons de la chaîne que des petits sujets pour lesquels seule comptait la parole des notables du savoir. Jean-Marie a tenu bon et soutenu l'émission jusqu'au bout.

Grâce à cette émission, j'ai fait l'expérience de l'altérité la plus bouleversante, à la fois proche et lointaine. Celle des éleveurs de la Margeride au cœur du Massif central, dont j'écoutai la passion et déjà l'amertume en plein hiver enneigé; celle des soignants et des patients de l'hôpital psychiatrique d'Armentières qui avaient accepté que notre car-studio campe chez eux une semaine durant, et qui nous avaient livré leur fatigue physique et morale; celle d'un tout petit village de la Meuse, Lahaymeix, soixante-seize habitants, qui accueillait le temps d'un été des artistes contemporains et n'en revenait pas de voir des grappes de touristes fréquenter son bistrot et son épicerie. Mais l'expérience la plus marquante fut sans doute celle de la semaine passée à Freyming-Merlebach, petite cité de l'Est dont toutes les mines de charbon avaient fermé d'un seul coup. C'est une chose de lire dans les journaux l'inadéquation économique de certains secteurs industriels, c'en est une autre de se confronter physiquement et émotionnellement au désarroi des habitants qui du jour au lendemain perdent tout, le boulot, l'estime de soi, le sens de l'avenir.

J'ai encore en tête l'image intacte de ce mineur rencontré dans son petit salon impeccable, s'effondrant au souvenir de la démolition du chevalet du puits de mine dans lequel il avait commencé à travailler à l'âge de quatorze ans : « Vous savez, quand j'entendis ce bruit, ce fut comme si on m'avait arraché un bras. » Un autre m'avait parlé de cette confrontation avec la terre et le sous-sol qui lui tenait les tripes et donnait à son récit des accents mythologiques. Des gens ordinaires, simples, modestes déroulaient des trésors de savoir et d'expérience.

Pendant toute une semaine, j'ai arpenté des paysages de ruines ponctués de centres commerciaux plus laids et abrutissants les uns que les autres, partagé le désarroi des familles et des élus, reconstruit mentalement et émotionnellement ce qu'était leur vie d'avant, faite d'efforts et de sacrifices mais aussi de solidarité et d'espoir d'une vie meilleure, j'ai fait une expérience de fraternité que je n'oublierai jamais.

Pendant les treize ans de son existence, l'émission passa la France au peigne fin, documentant des détresses et des colères tonitruantes mais transmettant aussi des paroles éblouissantes de poésie, de conviction, d'affection pour ce pays. Aujourd'hui, alors que la France semble crispée et dure avec elle-même, je m'interroge sur le fait que personne n'ait eu envie de réinventer ce genre de rendez-vous.

Après deux ans d'expérience de direction d'équipe, Jean-Marie Borzeix, à ma grande surprise, me proposa de rejoindre la direction de la chaîne à ses côtés. J'étais paniquée à cette idée. Cela signifiait que je devais arrêter l'antenne, rester dans un bureau et me priver de ce que j'aimais tant : découvrir l'inconnu, recueillir la parole. En outre, même si je m'étais découvert une âme de patronne dans l'exercice du *Pays d'ici*, c'était une autre paire de manches que de faire partie de la direction d'une chaîne. Cela voulait dire affronter les anciens, leur mépris et leur férocité.

J'acceptai car cette promotion faisait plaisir à mes parents, boussole essentielle pour moi à cette époque. J'étais flattée d'être choisie parmi d'autres et ravie de prendre ma revanche. Jacques Duchateau, producteur du grand magazine de la mi-journée, le *Panorama* de France Culture, bourré de talent mais débordant de morgue, était resté bouche bée en apprenant la nouvelle ! J'étais impatiente de travailler aux côtés de Jean-Marie que j'admirais beaucoup. Ma connaissance du métier fut un atout essentiel ainsi que le soutien de quelques individualités fortes comme Jean Lebrun et les membres de l'équipe du *Pays d'ici*. J'ai beaucoup observé l'alchimie miraculeuse qu'est une grille de programme, qui alterne les émissions en prise directe avec l'actualité et les rendez-vous patrimoniaux qui valent pour l'éternité. J'ai aussi mesuré que, pour des auditeurs très exigeants sur les contenus, l'incarnation était

se remit jamais de la perte de France Culture. Ni Boyon ni Gélinet ne tirèrent profit de son éviction puisqu'un mouvement de grève très puissant se déclara en 1999, deux ans à peine après la nomination de Gélinet, contre ses méthodes autoritaires et ses choix éditoriaux. Tous deux furent emportés par la vague de protestation qui avait fini par gagner toute la maison.

Je me souviens encore du mot d'ordre qui courait dans les couloirs et quelquefois à l'antenne : TSB, autrement dit « tout sauf Boyon ». Jean-Marie Cavada succéda à Michel Boyon . Il nomma, comme le titra *Télérama*, une « Dream Team » avec Jean-Luc Hees à France Inter, Pierre Bouteiller à France Musique et Laure Adler à France Culture. Elle était la première femme à occuper un poste de direction depuis des années, c'était une intellectuelle forte en gueule, culottée et féministe. Laure resta six années à la tête de France Culture. Je la rejoignis comme directrice adjointe de 2001 à 2005.

Ensemble, nous reformulâmes la grille de la rentrée de septembre 2002 en donnant les commandes de l'antenne à une génération de trentenaires qui sont aujourd'hui encore les piliers de la radio publique. Nicolas Demorand pour le *7/9* ; Marc Voinchet pour le magazine culturel de la mi-journée dont il trouva le titre génial, *Tout arrive*; Emmanuel Laurentin pour l'histoire et Sonia Kronlund qui allait inventer une nouvelle écriture radiophonique avec *Les Pieds sur terre*, dont le succès depuis vingt-trois ans ne se dément pas. Laurent Goumarre lança un nouveau rendez-vous sur le spectacle vivant. Jean Lebrun abandonna la tranche matinale et glissa à 18 heures pour un magazine quotidien de fin de journée.

Il fallait l'incroyable intuition de Laure et sa confiance irréductible dans les jeunes générations pour y aller aussi fort sur une chaîne très institutionnelle, au public âgé et engoncé dans ses habitudes. Dès son arrivée, une bronca très violente se déclencha. Les indéfectibles misogynes étaient peu nombreux mais extrêmement déterminés. Ils occupèrent l'espace au Festival d'Avignon, distribuèrent des tracts aux portes de Radio France. Laure était atteinte par ces attaques mais elle ne lâcha rien, soutenue de bout en bout par Jean-Marie Cavada. Il savait que France Culture retrouverait son éclat, sa puissance, sa légitimité avec elle. Personne ne contestait ouvertement l'idée d'avoir une femme à la tête d'une chaîne; mais une femme qui revendiquait sa féminité, ses tenues sexy et son indépendance, c'était insupportable pour beaucoup à l'époque.

Cette opposition réactionnaire la galvanisa. Elle décida qu'elle ne lâcherait rien, ni de sa féminité ni de son autorité. C'était réjouissant de la voir en remontrer à ses collègues masculins sur le plan culturel et intellectuel. Laure était impressionnante par sa connaissance du champ philosophique, historique et littéraire du moment.

Le souvenir le plus marquant de sa puissance reste pour moi celui d'un épisode de l'émission ébouriffée de Michel Polac, *Droit de réponse*. Laure ce soir-là était rayonnante. Elle se lança dans la défense de Marguerite Duras sous les quolibets d'un certain nombre des invités dont Denis Tillinac, réactionnaire en diable. Tous ne pensaient qu'à faire une bouchée de cette jeune femme. Ils avaient oublié que Laure avait grandi en Afrique et ne craignait pas les grands fauves. Elle les ratatina et à ce souvenir je souris encore.

Le seul qui fut difficile à convaincre de la légitimité de Laure fut Jean Lebrun. Une fois Jean-Marie parti, il eut un rapport enfantin à l'autorité. Cela se termina en explication orageuse dans le bureau de Laure un lundi matin, en présence des producteurs et productrices des émissions quotidiennes. Laure prit Jean de front, lui demandant pourquoi il contestait toujours ses décisions. Il répondit qu'elle lui faisait penser à sa banquière quand elle lui retirait ou rendait sa carte bleue sans explication convaincante. Tout le monde éclata de rire, Laure la première, enchantée d'être comparée à une banquière. Les préventions de l'un envers l'autre s'évanouirent enfin.

Mes journées de travail commençaient à 19 heures lorsque nos rendez-vous avec les producteurs ou les institutions culturelles étaient achevés et que Laure partait au théâtre, ce qu'elle faisait et fait encore tous les soirs. J'avais enfin le temps de penser comment accorder les projets qui ne cessaient d'arriver. Je tentais de transformer en production radiophonique le flamboiement constant de ses idées et de ses envies, mais j'avais aussi en tête le souci que le budget ne s'envole pas et que les moyens dont la chaîne était dotée résistent à son envie d'en faire toujours plus. C'était la recommandation très ferme que m'avaient donnée les deux présidents, Jean-Marie Cavada puis Jean-Paul Cluzel.

On ne s'ennuyait vraiment pas, on se marrait souvent et la chaîne après plusieurs années difficiles retrouva sa fantaisie. Laure était en perpétuel mouvement, toujours sur le pont pour repérer le spectacle qui emballe, le premier roman qui va compter, l'édition d'une Pléiade qui allait renouveler le regard sur un auteur, ou le fait de société minuscule qui augurait de grands bouleversements. Sa curiosité était notre carburant et sa rapidité un défi pour tous les membres de sa direction. Sa générosité n'avait d'égale que sa susceptibilité quand son autorité était contestée.

Ces quatre années passées à ses côtés furent aussi éreintantes qu'incandescentes. Lorsque Mathieu Gallet me nomma directrice de France Inter, c'est à Laure que j'ai pensé et c'est de Laure que je me suis inspirée. Je savais que j'étais une bonne professionnelle mais il me fallait monter d'un cran pour incarner, diriger et emmener les équipes. Il fallait oser être soi, se méfier des conformismes, s'accrocher à ses convictions, nourrir la chaîne de projets pour la garder aux aguets de ce que l'époque prodigue. Voilà ce que ce que j'avais appris de Laure durant ces quatre années de complicité et d'émulation. Nous avions des tempéraments différents : elle était téméraire, fonceuse, impatiente jusqu'à l'autoritarisme. J'étais bosseuse et consciencieuse jusqu'à la maniaquerie, mais nous avions une curiosité inextinguible et une confiance totale dans les armes de la connaissance, de la culture et du savoir.

David Kessler, agrégé de philo et ancien directeur du CNC, succéda à Laure de 2005 à 2009 à la tête de France Culture. Il me demanda de rester à ses côtés. J'eus avec lui une relation d'estime et de grande amitié. Lui et sa femme Sophie furent très présents lors de la mort de ma mère en

2006, suivie deux ans plus tard par celle de mon père. Dans ce couple, l'intelligence et la générosité étaient les dénominateurs communs. Lorsque mon père veuf vint s'installer à Paris, Sophie l'accepta comme élève à l'École normale supérieure où elle enseignait l'hébreu. C'était une grande intellectuelle, normalienne, agrégée de grammaire et d'hébreu. Elle occupa une place centrale dans les Études hébraïques en France. C'était surtout une femme rayonnante, lumineuse, bienveillante. Je l'apercevais tous les vendredis soir, silhouette discrète entourée de ses trois enfants dans les couloirs de France Culture. Elle venait chercher David pour le dîner de shabbat organisé immanquablement chez sa belle-mère. Nous nous saluions et échangions quelques mots. Elle me disait combien David était heureux à ce poste et l'on devinait combien cela la réjouissait.

Ses cours furent une planche de salut pour mon père qui adorait apprendre. C'était un élève ultra-consciencieux. Je me souviens avec émotion de ces lundis soir où j'allais le chercher à l'École normale, rue d'Ulm. Je revois la cour de l'école, le marronnier, la lumière qui déclinait accompagnée des notes de piano qui s'échappaient d'un appartement voisin, et la silhouette de mon père avec sa sacoche d'écolier, le sourire aux lèvres. Il adorait Sophie qui elle-même aimait enseigner et prodiguait un soin particulier à cet élève de plus de quatre-vingts ans dont elle ne savait rien mais dont elle sentait que l'engagement dans l'étude était vital.

Lorsque le cancer du pancréas dont il souffrit les derniers mois de sa vie l'empêcha de se rendre rue d'Ulm, Sophie proposa de lui donner des cours particuliers à la maison malgré son emploi du temps chargé. Elle venait à vélo toutes les semaines et ne le lâcha jamais. Sophie fut emportée par une récidive de cancer très peu de temps après mon père. Elle était alors directrice du Centre de recherche français de Jérusalem, un poste qu'elle avait hésité à accepter parce qu'elle pensait ne pas être à la hauteur. Elle était chagrinée de s'éloigner de sa famille mais David, qui avait un fort ascendant sur elle, la convainquit qu'une telle opportunité ne se reproduirait pas et qu'elle était taillée intellectuellement pour ce magistère. Le décès brutal de Sophie a été un chagrin personnel long et douloureux, le décès de David, plus tard, un abîme de perplexité. Ils sont des membres chers de ma famille élargie et je vais leur rendre visite régulièrement au cimetière du Montparnasse, où ils reposent l'un à côté de l'autre.

J'ai eu grand plaisir à travailler avec David et son calme dans la tempête que je traversais me faisait du bien. J'avais toutefois l'impression de ne plus apprendre grand-chose. Ce sentiment m'habita encore avec Bruno Patino, son successeur, pourtant si inventif dans la conquête de l'espace numérique. Je connaissais trop intimement la chaîne; au lieu d'aider les directeurs je les gênais et ma présence à leurs côtés était pesante. Jean-Luc Hees me sortit de l'immobilisme en me proposant de migrer vers France Inter. Je lui en serai éternellement reconnaissante.

7

Le moment Philippe Val

Je me souviens parfaitement du jour où Jean-Luc est venu me trouver à la toute fin de la grand-messe hebdomadaire de l'état-major de Radio France où je représentais Bruno Patino, alors directeur de France Culture.

Jean-Luc s'est penché vers moi avec un air de conspirateur, m'a demandé si j'avais quelques minutes à lui consacrer et si je pouvais le suivre dans son bureau. Passé les traditionnels commentaires sur la bonne santé de France Culture, il me dit qu'il avait besoin de moi sur une autre chaîne, France Inter, pour accompagner Philippe Val qui portait beaucoup d'ambitions mais avait du mal à prendre en main l'outil, gagner la confiance des équipes et s'appuyer sur son comité de direction. J'étais surprise car le format des deux chaînes était vraiment différent mais Jean-Luc a insisté. Il m'a recommandé de déjeuner avec Philippe pour faire sa connaissance. Je ne l'avais en effet jamais rencontré et n'étais pas du tout familière de *Charlie Hebdo* dont il avait été directeur.

Bonne élève, je lui proposai d'écouter d'abord la chaîne et de rédiger un bilan de ce que j'aurais constaté sur une semaine de programmes. Je ne sais pas si Jean-Luc a jamais lu ces quelques pages mais dans les vingt-quatre heures qui suivirent leur envoi, j'avais rendez-vous avec Philippe Val à Casa Bini, le restaurant italien le plus sympathique de Saint-Germain-des-Prés. Ce qui m'a tout de suite sauté aux yeux chez cet homme, c'est la contradiction entre son visage osseux, presque menaçant, et son extrême gentillesse. Beaucoup de gens à France Inter me dirent que Philippe leur faisait peur. Il avait un visage ingrat, portait un pardessus en cuir assez proche de ceux portés par les SS ; il avait aussi la réputation d'un coupeur de têtes après le licenciement de Siné à *Charlie Hebdo*. Et pourtant l'homme avec lequel j'ai travaillé pendant quatre ans s'est révélé, une fois gagnée sa confiance, l'homme le plus bienveillant et drôle de la Terre. Jamais il ne m'a forcé la main malgré nos désaccords. C'est tellement précieux pour une adjointe d'avoir un patron qui sait écouter et tempérer ses convictions.

Philippe voulait positionner Inter du côté de la culture, et pas seulement du divertissement. Il avait raison. À l'écoute de la chaîne, j'avais été frappée, à l'exception des grandes tranches d'info comme le *7/9* alors animé par Nicolas Demorand et Stéphane Paoli le week-end, *L'Humeur vagabonde* de Kathleen Evin ou *Cosmopolitaine* de Paula Jacques, par la médiocrité des producteurs qui savaient tenir les horloges, respecter les horaires et lancer des disques, mais rien de plus. France Inter ne se distinguait pas dans le paysage audiovisuel et n'était pas à la hauteur d'un service public. Je ne parle pas des fautes de français qui étaient innombrables… Aucun producteur ne faisait montre de personnalité, ne défendait un point de vue sur la société ou sur le monde ; l'antenne était fade et sans relief.

Philippe avait une culture extraordinaire qu'il avait acquise seul, par goût et nécessité. J'ai su peu de choses de sa famille, sinon le départ de sa mère alors qu'il était très jeune et la détestation qu'il avait pour tout ce que représentait son père, prototype de l'autorité virile et parvenue. Il adorait sa mère pour son indépendance mais je suis sûre que son départ du foyer l'a broyé. Tout ce qui pouvait se rapprocher du culte de la virilité l'insupportait et il en faisait une critique féroce. Il réclamait la parité pour les femmes par souci de justice et d'arithmétique puisque, répétait-il, elles représentaient la moitié de l'humanité et il défendait avec force le droit des homosexuels à vivre leur vie. Dirait-on aujourd'hui de lui qu'il était woke ? En tout cas, il avait trouvé bonheur et consolation dans les livres ; il avait la conviction que la connaissance et la culture affranchissaient de la bêtise.

Lors de ce déjeuner qui fonda notre alliance professionnelle, Philippe me dit qu'il n'avait qu'un but : faire de France Inter une grande chaîne du service public destinée à donner à chaque citoyen les moyens de son émancipation. Ces mots m'allèrent droit au cœur. Je lui opposai mes doutes sur mes compétences en matière de chaîne généraliste, moi qui avais travaillé trente ans sur une chaîne thématique dédiée à la culture, sur un créneau plus étroit et un public restreint, mais j'acceptai la proposition avec enthousiasme. J'allais pouvoir me renouveler, apprendre de nouveaux standards de production, de nouvelles façons de faire de la radio, et ne plus avoir le sentiment d'accompagner des personnalités stimulantes mais qui ne faisaient que passer en s'appuyant sur mon expérience.

L'arrivée sur la chaîne, fin mai 2010, fut rude. La défiance à l'égard de Philippe était à son maximum, toute décision de sa part était tenue pour idéologique. Philippe parlait sans réfléchir à trop de gens, il était plus excessif dans ses commentaires que dans la réalité et son message était constamment brouillé. Il avait d'excellentes idées, un point de vue sur le monde qu'on pouvait ne pas partager mais qu'il fallait envisager car il avait sa pertinence, et un vrai goût pour le débat. Dans le management c'était autre chose. Sa distraction lui faisait régulièrement oublier de saluer les gens, ce qui n'arrangeait rien. J'atterris donc dans un champ de ruines.

J'étais moi-même très ignorante de la chaîne et de la famille Inter, sacrément soudée et qui n'acceptait personne d'emblée. Fin mai, les programmes de la grille d'été n'étaient pas finalisés, les grands festivals comme les Francofolies de La Rochelle ou Jazz in Marciac attendaient la conclusion de partenariats et pour couronner le tout, Nicolas Demorand rejoignait Alexandre Bompard à Europe 1. Je découvrais le mercato. Je n'y étais absolument pas préparée, venant de France Culture ; je ne m'y suis jamais habituée.

La rentrée de septembre 2010, signée de Philippe Val et moi-même, fut marquée par des signes assez substantiels de changement de cap : François Busnel rejoignit la chaîne pour de grands entretiens à 17 heures; *Sur les épaules de Darwin*, œuvre de Jean-Claude Ameisen, grand scientifique, philosophe et conteur inégalé, prit son envol; enfin le *7/9*, enrichi de plusieurs séquences nouvelles dont un deuxième invité à 7 h 50 et une chronique musicale, ce qui n'existait nulle part ailleurs, commença son irrésistible ascension grâce à Patrick Cohen.

J'avais par ailleurs convaincu Philippe Val de tenir dans son bureau les réunions de programmation de cette tranche décisive. Les politiques n'étaient pas les seuls à être légitimes dans le commentaire de l'actualité; il fallait ouvrir les portes aux artistes, aux intellectuels, aux grands scientifiques et aux personnalités internationales. La rédaction ne vit pas d'un bon œil cette prise en main de la programmation par la direction mais les résultats parlèrent d'eux-mêmes. J'avais vu, à France Culture, combien l'arrivée sur la tranche matinale d'un agrégé d'histoire en la personne de Jean Lebrun avait secoué le bocal et singularisé la tranche. La rédaction avait pour tâche de nourrir les journaux, ce qu'elle faisait parfaitement bien, mais la programmation du *7/9* revenait à la direction avec la participation décisive de la directrice de la rédaction, Hélène Jouan. L'arrivée de deux jeunes programmateurs pleins d'allant et d'ambition pour la radio contribua à changer l'allure de cette tranche : Amélie Stadelmann, dont j'appréciais le calme, la rigueur et la capacité à absorber les crises, et Mathieu Sarda, mon compagnon fidèle à France Culture. Il me suivit à Inter avec son exceptionnel carnet d'adresses, son amour excessif du métier, son humour majuscule et son caractère en or, car il faut de la patience pour gérer les fauves du matin.

Si la rentrée s'opéra plus ou moins dans le calme en septembre 2010, la question de l'humour occupait les esprits après le licenciement de Stéphane Guillon et Didier Porte. Alors qu'il venait de la scène et de la presse satirique, Philippe fut paradoxalement à cran sur l'humour. Il refusa de comprendre que la liberté unique accordée aux humoristes sur Inter garantissait aux yeux des auditeurs l'indépendance de la chaîne, toujours suspecte d'être aux ordres du pouvoir. Il n'était pas le seul. J'ai le souvenir d'un dialogue assez vif avec Franck Riester, ministre de la Culture et de la Communication du premier mandat d'Emmanuel Macron, que j'avais accueilli en ma qualité de directrice de France Inter; il m'avait dit qu'il considérait que l'humour d'Inter était à la source de l'affaiblissement de la démocratie en France. J'en étais restée coite.

Philippe n'était pas loin de tenir cette ligne-là. Il était inquiet des désordres du monde, soucieux que la chaîne soit au rendez-vous de ses responsabilités et n'avait plus de recul. Je ne peux pas dire que j'ai apprécié toutes les blagues de l'équipe de Charline Vanhoenacker, Alex Vizorek et Guillaume Meurice, ni même quelquefois celles de mon ami Daniel Morin, mais j'ai toujours défendu la distance que nous impose l'humour, la remise en question qu'il nous oblige à pratiquer et la gaieté qu'il apporte. Les auditeurs ne s'y trompent pas et réclament ce bol d'air, notamment dans la tranche du matin souvent plombée par des nouvelles tragiques.

Le premier dossier sérieux après le départ de Nicolas Demorand à la concurrence en mai avait été, en juin, le cas Stéphane Guillon. Je l'ai peu connu. Je me souviens simplement qu'à mon arrivée à Inter auprès de Philippe Val, dans un moment un peu formel où je m'étais présentée à la chaîne, il était venu m'offrir une rose sans épines, avait-il précisé. Sans doute avait-il pressenti que ses relations avec Philippe n'étaient pas au beau fixe et que Jean-Luc était lui aussi fatigué de ses obsessions. Il avait un talent d'écriture exceptionnel, un don d'observation incomparable mais sa notoriété l'avait amené à penser sérieusement qu'il était le seul opposant politique de taille à Nicolas Sarkozy, alors président de la République. C'était bête, prétentieux et lassant. Sa deuxième obsession était Jean-Luc Hees, son patron, à qui il consacrait trop de chroniques, plus désagréables les unes que les autres. Il n'y avait pas d'autre choix que de s'en séparer mais la méfiance des équipes envers Philippe monta d'un cran. Nicolas Sarkozy venait de faire passer une loi pour que l'actionnaire, l'État, nomme directement les présidents de l'audiovisuel public à la place de l'autorité de régulation indépendante et souveraine. Cette loi ne l'avait pas aidé auprès des journalistes, sourcilleux, à raison, sur l'indépendance de leurs patrons. Le départ de Guillon fit du bruit, la sortie des humoristes du 7 h 55 fit perdre des auditeurs à la chaîne et l'on s'aperçut que le champ des talents dans ce domaine était restreint. Les humoristes, réciproquement, se méfiaient d'Inter. Mais je reviendrai sur la question de l'humour. On surmonta l'épreuve, on calma le jeu et les quatre ans avec Philippe se déroulèrent sans autre trouble.

Je retiens de cette époque les actes de bravoure de sa direction, inspirée par la conviction absolue que le beau et le juste étaient dus à chaque citoyen de ce pays. Philippe eut raison sur beaucoup de formats culturels comme l'émission de Jean-Claude Ameisen ou le génialissime rendez-vous de Guillaume Gallienne avec la littérature, *Ça ne peut pas faire de mal*, dont personne n'a encore fait le deuil parmi les auditeurs, ou les formats cultes de *Un été avec*, notamment celui du couple formé par Montaigne et Antoine Compagnon, professeur au Collège de France.

Mais à privilégier la culture et les intellos en négligeant le talent radiophonique, la chaîne perdit de son relief et de sa singularité. Les auditeurs ne revenaient pas. Philippe était tellement crédule qu'il se faisait manipuler par des individus plus mondains que talentueux qui savaient comment l'émouvoir, notamment en se réclamant de prétendus combats contre l'antisémitisme. L'installation d'un jeune homme brillant mais sans qualité radiophonique ni ouverture d'esprit à 17 heures, à la suite de François Busnel, fut une catastrophe et entraîna une chute d'audience irrattrapable en fin de journée.

Nous nous sommes perdus de vue, Philippe et moi, et ne nous retrouverons sans doute pas. Il me trouve trop à gauche, je le trouve trop à droite et j'ai du mal à comprendre son engagement dans la presse de Vincent Bolloré dont il sait la proximité avec l'extrême droite. Il a pourtant longtemps combattu ces idées au point de se faire tabasser par des affidés du Front national sur le parking de Radio France. Il y perdit un peu de sa mâchoire après une chronique qui leur avait déplu.

Les dernières images que j'ai de lui sont celles d'un homme terriblement atteint par l'attentat de *Charlie Hebdo*. Douze personnes avaient été massacrées dont son plus cher et plus proche ami, Cabu. Son engagement pour la liberté d'expression et son opposition frontale à toute ingérence religieuse forcent mon admiration. Il est aujourd'hui l'un des hommes les plus protégés de France et vit sous la menace constante des islamistes. Comment ne pas comprendre sa rage et quelquefois ses excès ?

Les attentats terroristes qui ont éprouvé la France et l'horreur du 7 Octobre en Israël ont réussi à brouiller les repères et les appartenances politiques au point de faire croire à une partie de la communauté juive de ce pays qu'elle est bien mieux défendue par l'extrême droite que par la gauche. Philippe n'est peut-être pas loin de le penser, lui aussi. Je garde une immense tendresse pour l'homme que j'ai connu, et une vraie reconnaissance pour le respect qu'il a manifesté à mon égard tout le temps de notre joyeuse et complice collaboration.

8

France Inter, l'onde de choc

En mai 2014, lorsque Mathieu Gallet, nouveau président de Radio France, me nomma directrice d'Inter, le ciel m'est tombé sur la tête. C'était un coup de poker car je n'avais ni réseau d'influence, ni notoriété. Rien ne laissait prévoir cette nomination lors de mes premiers rendez-vous avec lui. Il m'avait dit qu'il voulait travailler avec sa propre équipe, ce qui était naturel. Quand il m'avait demandé ce que je souhaitais faire, je lui avais répondu très spontanément que je désirais retourner à l'antenne.

Après quelques semaines pendant lesquelles il consulta beaucoup de monde, il me convoqua de nouveau dans les bureaux de l'INA, qu'il était en train de quitter. Il pensait à moi pour la direction de la chaîne malgré ma réputation de forte tête. Je n'y croyais toujours pas car nous nous connaissions très peu. Pour piloter une maison aussi complexe et rétive au changement, un président doit avoir un lien de confiance absolue avec tous ses directeurs, notamment d'antenne. Mais Mathieu connaissait aussi ma loyauté et mon respect de la hiérarchie. Et l'aventure commença.

Elle dura huit ans et me donna souvent le sentiment de courir le Vendée Globe avec ses matins de gloire et ses tempêtes apocalyptiques. Dieu merci, l'épreuve n'était pas solitaire. J'eus la chance de compter sur un collectif de direction d'une qualité exceptionnelle et d'un engagement sans limites, même s'il se recomposa à plusieurs reprises. Je n'oublie jamais que le succès est celui de toute une équipe, d'un travail acharné, d'une confiance absolue et d'un plaisir intense à être ensemble.

Au moment de ma nomination, j'avais exactement trois mois pour réinventer la grille des programmes et découvrir le mistigri pour que la chaîne retrouve des couleurs. La pression était forte. Depuis plus de trente ans, j'étais bien placée pour savoir que la réussite d'une grille était une alchimie qu'aucune recette ne pouvait garantir. La radio n'est pas un enchaînement mécanique d'émissions mais un esprit, un style, une marque, diraient les publicitaires ; j'aime assez ce mot, il renvoie aux marques des maisons de couture qui se distinguent les unes des autres par une certaine allure dans laquelle on se projette. La radio, c'est un ton et une troupe.

Le métier de directrice d'antenne, lui, tient de la psy, du chef d'équipe, de la prestidigitation, de la bonne copine et quelquefois de l'entraîneuse. Je suis allée jusqu'à me teindre les cheveux en rouge pour célébrer les audiences et le succès de la chaîne. Le rouge était la couleur de la marque et j'insistais pour qu'elle soit présente partout : dans les studios, les couloirs, sur les affiches. Me teindre une mèche de cheveux à la veille des résultats d'audience lorsqu'ils étaient bons était devenu un gimmick très aimé des journalistes médias et des équipes. Une fois la mèche faite chez mon coiffeur préféré, j'allais acheter des bombes de couleur rouge pour que les équipes se teignent à leur tour les cheveux et fassent des selfies pour les réseaux sociaux le jour des résultats. C'était une façon marrante de célébrer les bonnes audiences en marge des communiqués de presse plus formels.

Ma fonction était polyvalente mais je n'avais qu'une ambition, que France Inter renoue avec le succès et aille jusqu'à rafler la première place sur le podium, sans perdre ce supplément d'âme qui fait la différence.

Lorsque je fus nommée directrice d'Inter, je participais à la direction de la chaîne depuis déjà quatre ans et j'avais bien intégré cette ambition. Mais cette fois, j'étais numéro un. Ma nomination ne fit pas du tout l'unanimité et je restai en apnée pendant les six premiers mois de mon mandat, dans l'attente des premiers résultats d'audience. J'avais plein de petits post-it dans la tête qui définissaient la chaîne dont je rêvais : joyeuse, curieuse, fantasque, paritaire, éclectique, bien dans son époque, savante et populaire. Mon obsession était de lui redonner de l'éclat, elle qui avait tant brillé par son inventivité, sa liberté, sa modernité et s'était peu à peu éteinte au point d'être au plus bas dans les audiences.

Pour y parvenir, je pris le parti de la muscler intellectuellement, de la tirer vers le haut et de la rajeunir. Ce pari n'allait pas de soi; on nous rabâchait qu'il fallait jouer le plus petit dénominateur commun pour élargir le public. J'ai joué la différence et j'ai eu raison.

Avec mes post-it qui formaient un nuage sémantique, comme disent les sociologues des médias, nous avons passé l'été à travailler comme des fous, avec Emmanuel Perreau, directeur des programmes, et Jean-Marc Four, directeur de l'info, pour élaborer une grille cohérente et sexy. Au 1er septembre 2014, la maison Inter était rebâtie de fond en comble. Avec mes deux complices du moment, nous avions renouvelé plus de soixante-dix pour cent des programmes. C'était un pari de dingue.

La première question à laquelle nous nous sommes attaqués était celle de l'incarnation. Il fallait donner envie à un maximum d'auditeurs de retrouver une famille avec laquelle vivre de grands moments du quotidien, à laquelle s'identifier, contre laquelle s'énerver ou avec qui se marrer. La radio est d'abord une affaire d'affection et de sentiment ; elle a besoin de signatures pour nourrir l'attachement des auditeurs.

J'ai eu la chance de profiter à l'époque de l'émergence d'une toute nouvelle génération, incisive, bosseuse, joyeuse, bourrée de talents et d'une énergie contagieuse. Tous se jetèrent dans l'aventure tête baissée avec une loyauté d'acier. Léa Salamé, Augustin Trapenard, Charline Vanhoenacker, Alex Vizorek et Guillaume Meurice, Sonia Devillers, Ali Rebeihi, François-Régis Gaudry, Leïla Kaddour-Boudadi et Florence Paracuellos, tous ceux qui étaient présents sur l'antenne à la rentrée de septembre 2014 brillaient par leur jeunesse et leur intelligence. Adossés aux grands anciens, Jérôme

Garcin, Stéphane Paoli, Rebecca Manzoni, Nagui, Patrick Cohen puis Nicolas Demorand, Ali Baddou, Mathieu Vidard, Denis Cheissoux, Philippe Collin, Laurent Delmas et Laurent Goumarre, rejoints par Fabienne Sintès puis Laure Adler, ils firent le succès de la chaîne.

Avec cette équipe rajeunie, féminisée, impatiente, gourmande de l'époque, laissant à d'autres la maladie chronique du dénigrement et du « c'était mieux avant », France Inter retrouva ses couleurs, son identité et son public. Elle était redevenue une radio capable de fédérer beaucoup de Français d'opinions politiques différentes, d'origines sociales éloignées, de goûts et d'âges dissemblables, tous désireux d'être accompagnés au quotidien par une bande de fidèles investis dans leur mission, qui les prenaient au sérieux sans se prendre au sérieux.

Une fois la grille lancée, nous l'avons accompagnée tout au long de la saison comme des artisans maniaques qui peaufinent, polissent, retouchent, corrigent leurs productions. Diriger une antenne consiste à ne jamais cesser de la faire évoluer. C'est un constant *work in progress*, qui requiert d'être greffé à l'antenne vingt-quatre heures sur vingt-quatre. Cela consiste aussi à profiter de toutes les occasions pour marteler l'identité de la marque, celle d'une chaîne savante par ses contenus et populaire par la qualité des animateurs et le nombre de ses auditeurs. Je voulais démontrer que le service public n'était pas un vain mot et qu'il pouvait conjuguer tous les jours qualité, exigence et succès et incarner ce que réclamait le grand Victor Hugo : « Tout pour tous. »

Ce pari de l'exigence, nous l'avons ciselé pendant des années pour la tranche du *7/9*, la plus décisive pour une radio. J'y ai accordé énormément d'importance et d'intérêt. Les plus grands intellectuels comme les scientifiques prirent l'habitude de s'y exprimer très régulièrement à côté des politiques et des experts. Bruno Latour, Esther Duflo, Pierre Rosanvallon, Antoine Compagnon, Michelle Perrot, Patrick Boucheron, Sylvain Tesson, François Sureau, Philippe Aghion, Cynthia Fleury et d'autres, d'abord intimidés et rétifs à la contrainte de l'exercice d'une matinale, deviendront vite les acteurs fidèles de cette tranche, lui accordant l'exclusivité de leur actualité éditoriale ou publique. Ils mesureront l'impact d'un entretien dans cette émission, fût-il de vingt minutes, et ne manqueront jamais d'exprimer leur admiration pour le métier de Léa Salamé et Nicolas Demorand.

La programmation de l'émission d'Augustin Trapenard, *Boomerang*, à 9 heures, tranche de grande écoute, sans chronique ni reportage, fut aussi un marqueur de cette exigence. Augustin, jeune homme fiévreux et inquiet, qui aime les artistes de toutes ses forces, avait plaidé pour que cette parole se déploie sur un temps long, à une heure d'écoute qui en principe ne le tolérait pas. « Il faut savoir prendre la parole des artistes au sérieux », me répétait-il. Il avait tellement raison. Cette confiance accordée à l'intelligence des auditeurs fut gagnante.

Il y avait en contrepartie une vraie nécessité à cultiver par ailleurs des offres populaires avec de l'accueil, du service, de l'écoute. À côté du *Jeu des mille euros* et de *Grand bien vous fasse*, l'arrivée de Nagui sur Inter allait signifier la volonté de rester du côté du public populaire. Son professionnalisme redonna du lustre à la tranche de la mi-journée, alors en déshérence. Le pari de France Inter fut de marcher à cette double allure sans antagonisme ni incohérence.

Diriger une chaîne, c'est créer de nouveaux formats. C'est évidemment aussi en arrêter d'autres parce qu'ils ont fait leur temps, parce qu'il faut laisser place à de jeunes talents. Je me suis parfois trompée. Ce fut le cas pour Paula Jacques, voix historique de France Inter qui produisait l'émission *Cosmopolitaine*, dédiée à la littérature étrangère. Considérant l'âge de Paula, je pensais qu'il était légitime de lui demander de partir. Mon raisonnement était erroné et je le regrette. Paula était d'une jeunesse incroyable dans sa tête et son amour inconditionnel pour les auteurs du monde entier embarquait l'auditeur. Sa manière de les faire découvrir et aimer était incomparable. Il était impossible d'inviter des auteurs non francophones dans les tranches de grande écoute et *Cosmopolitaine*, diffusée le dimanche après-midi, était un refuge pour cette littérature essentielle. J'ai pris la décision la plus idiote de ma vie professionnelle et aussi la plus paradoxale, car je suis une lectrice compulsive de romans étrangers.

Je pris d'autres décisions qui ne furent pas comprises du tout. Ce fut le cas pour l'émission que nous avions confiée à Clara Dupont-Monod, si drôle et pleine d'esprit. Nous lui avions demandé de proposer un rendez-vous littéraire pour les nuls, consacré aux grands classiques de la littérature, facétieux, enlevé et destiné à réveiller les dimanches après-midi. Sur le papier, le projet était alléchant. À l'antenne, il fut assez consternant mais pas irréparable, car Clara avait un potentiel formidable. Une bonne nouvelle vint tout gâcher : elle obtint le prix Femina pour son livre *S'adapter* et se trouva dans l'incapacité de repenser l'émission car il lui fallait assumer une grande tournée des lecteurs. Nous décidâmes donc d'y mettre un terme. Ce fut un drame et j'en perdis l'amitié de Clara.

À mon arrivée à la tête d'Inter, on m'attendait au tournant, moins parce que j'étais une femme que pour la constance de mon parcours au sein de Radio France. J'avais fait toute ma carrière dans cette entreprise, qui plus est comme adjointe. Beaucoup se demandaient si je serais capable d'être directrice. Il est étonnant que la fidélité et l'acquisition patiente de compétences soient des valeurs suspectes dans les codes RH, alors que les passages éclair, et pas toujours brillants dans une succession d'entreprises sont versés au crédit des individus. Pour justifier des salaires plus élevés que le mien au même niveau hiérarchique, il m'est arrivé d'entendre : « Oui mais toi tu es toujours restée à Radio France, eux viennent de l'extérieur. » Il est incontestable que je n'ai pas bougé de toute ma carrière mais Radio France en a tiré un avantage : c'est une fille de la maison qui a hissé en haut du podium une chaîne du service public, ce qui n'était jamais arrivé auparavant.

En mars 2019, les chiffres des audiences Médiamétrie sont tombés. Je me rappelle encore l'émotion qui m'a étreinte. Il était 7 h 55, j'arrivais à la radio. J'ai fondu en larmes dans le bois de bouleaux qui borde l'entrée Seine de Radio France. France Inter était sacrée première radio de France, alors que la chaîne avait traversé des turbulences apocalyptiques. Au printemps 2017, attirés par les promesses de l'équipe Lagardère, beaucoup de cadres avaient en effet quitté France Inter, dont Patrick Cohen, l'anchorman du *7/9*. Le bateau avait alors sérieusement tangué. Ce matin-là, les audiences montraient que j'avais gagné mon pari, contre la concurrence certes, mais surtout pour la maison et ses équipes. Le combat pour la reconnaissance des compétences des personnels de Radio France et plus largement des acteurs du service public a toujours été central pour moi. J'avais trop souvent entendu, dans des comités de direction à l'étage de la présidence, des propos méprisants à l'égard des équipes venant d'individus dont la contribution au succès de l'entreprise était assez faible, mais qui se prévalaient de leur position hiérarchique pour se pousser du col. Non, il n'y avait pas que des tocards et des planqués dans le service public, mais une infinité de talents qu'il suffisait de mettre en mouvement.

À mon arrivée au poste de directrice, j'avais ainsi convaincu pied à pied les équipes de France Inter de l'intérêt de bousculer fortement les programmes. Les salariés de la chaîne avaient grandi avec cette radio dans les oreilles et considéraient qu'elle avait joué un rôle crucial dans l'acquisition de leur bagage culturel. Elle leur avait permis de réaliser une ascension sociale à laquelle ils ne pensaient pas pouvoir prétendre. Chacun se sentait redevable et agissait comme un propriétaire défendant l'intégrité de son bien.

Je ne comprenais pas, par exemple, qu'on refuse d'inviter des rappeurs, déjà plus gros vendeurs d'albums. Marc Levy, Franck Dubosc, Éric-Emmanuel Schmitt ou Sheila ne poussaient pas souvent la porte des studios et on se pinçait le nez devant un éditorialiste qui ne pensait pas comme il faut. J'eus droit à quelques tracts salés à l'arrivée de Natacha Polony dans l'émission du *Grand face-à-face* ; le succès de l'émission et l'intelligence de Natacha n'ont pas tardé à faire taire les protestataires. Plusieurs poussées de fièvre se sont aussi manifestées au sein de la rédaction dès qu'elle avait l'impression qu'on cédait à l'époque ; mais elle savait revenir à la raison lorsqu'on prenait le temps d'expliciter nos choix.

Un autre moment critique fut la nomination de Catherine Nayl à la direction de l'information pour succéder à Jean-Marc Four. En cette funeste année 2017, il avait aussi décidé de quitter le navire Inter après l'anchorman du *7/9*, le directeur des programmes et le directeur du numérique. Catherine était une professionnelle incontestable. Sa carrière parlait pour elle : elle avait piloté pendant dix-huit ans toute l'information du groupe TF1, avait exercé son métier de journaliste dans tous les secteurs et savait en toutes circonstances de quoi elle parlait. Elle avait un carnet d'adresses exceptionnel et était respectée par tout le monde politique.

Je pressentais que son expérience dans le management et dans le métier, son goût du collectif et son rire emporteraient l'adhésion mais il ne fallait pas rater son entrée dans le port. L'annonce de son arrivée sur Inter le 22 décembre 2017 fit souffler une température de blizzard dans les couloirs de la rédaction. Quelqu'un qui venait du privé pour diriger une rédaction du service public, c'était un crime de lèse-majesté. J'ai demandé à la rédaction de juger sur pièces, comme le fait tout bon journaliste, et le collectif a su m'entendre. La trêve de Noël, l'intelligence de Catherine et la bonne foi de la rédaction allaient très vite éteindre la contestation. Catherine occupa ce poste avec une maestria incomparable.

À Radio France, le respect de la hiérarchie est assez faible. Mais si vous démontrez que votre position d'autorité est assise sur une compétence, tout est possible. C'est exactement ce qui s'est passé avec Catherine. Ce matin-là, Nicolas Hulot était l'invité du *7/9*. Il était arrivé de très méchante humeur, ulcéré par une réunion qui s'était tenue la veille à l'Élysée en présence du président du syndicat des chasseurs, ce dont le président Macron avait omis de l'informer. Dans le salon d'accueil de France Inter, il déclara ouvertement qu'il en avait assez, qu'il ne resterait plus longtemps au gouvernement s'il n'était qu'un alibi.

Je le quitte pour écouter l'interview dans mon bureau. Dépassé par l'émotion, il annonce en direct sa démission. Je descends fissa à l'étage de la rédaction et, stupéfaite, je trouve Catherine dans la cabine du studio, assise au côté du technicien, à la manœuvre. Elle avait pris les choses en main, décidé en un quart de seconde que l'interview devait se prolonger le plus possible, annulé la revue de presse, le billet de l'humoriste et la chronique de Sonia Devillers. Elle guida Nicolas et Léa, un peu sonnés, jusqu'au bout de l'interview en suggérant des questions et ouvrant de nouvelles perspectives. Elle savait que France Inter tenait un moment d'anthologie. La force de Catherine était aussi sa résistance irréductible à toute pression, d'où qu'elle vienne. Il ne fallait pas que je m'avise de lui imposer quoi que ce soit au prétexte que j'étais la chef ; mais si je savais la convaincre elle me suivait sans réserve. J'aimais ce contrat entre nous.

La nomination la plus rock et le pari le plus fou de ma carrière furent le choix de Léa pour le *7/9* de France Inter dès septembre 2014. Je suis fière d'avoir pressenti l'immense talent de cette jeune femme, et de ne m'être ni offensée ni méfiée de son culot lors de notre tout premier rendez-vous. Nous nous sommes rencontrées pour la première fois en mai dans le salon de thé le plus douillet de la capitale, Les Deux Abeilles, dont les propriétaires sont pour moi comme des cousines chéries. J'avais repéré Léa dans un portrait que lui avait consacré *Le Monde*, parlant de ses origines libanaises, de son parcours universitaire à Sciences Po puis à New York; ce cosmopolitisme, ajouté à son côté pin-up intello, m'intriguait pour Inter qui était alors la chaîne du bon goût et du conformisme.

Je souhaitais lui proposer quelque chose sur la grille de rentrée mais je ne savais pas encore quoi. La pelote des possibles était emmêlée mais j'avais besoin de profils comme le sien, habitués à la tension d'une chaîne d'info, à l'aise avec des invités très différents, sans prévention à l'égard du populaire et combattante. J'ai découvert une femme hyper vivante et déterminée, qui prit la main sur l'entretien et mit ses conditions. Elle me dit qu'elle était intéressée par mon projet mais qu'Yves Calvi lui ayant déjà proposé de travailler à ses côtés sur la matinale de RTL, elle n'accepterait de venir que pour travailler dans la tranche du *7/9* aux côtés de Patrick Cohen, pour prendre l'interview de 7 h 50. Je fus estomaquée par l'aplomb de cette jeune femme mais déjà séduite ; c'était ce genre de tempérament qu'il fallait pour réveiller Inter, l'emmener du côté de l'audace et des paillettes. Elle accepta de faire deux numéros zéro pour l'interview de 7 h 50 et fut tout de suite adoubée par Patrick Cohen. Avec ce premier nom sur l'affiche de la rentrée, je savais qu'il y aurait des étincelles et de l'éclat.

Léa fut infiniment plus. Elle sut développer magistralement une palette de styles pour tous les types d'invités, politiques, artistes, intellectuels, sportifs. Elle sut aussi se faire respecter par l'ensemble de la rédaction qui était loin de lui être acquise, grâce à son travail acharné. J'ai encore dans l'oreille cette réflexion de Dominique Seux éberlué par le nombre de fiches accumulées pour chaque interview de 7 h 50 : « Mais c'est dingue comme elle travaille ! »

Léa a toujours été d'une intransigeance radicale avec elle-même. Elle a travaillé d'arrache-pied pour être la meilleure. Je l'ai vue prendre sa place au sein de la rédaction de France Inter, acquérir la confiance et le respect de ses pairs sans rien changer à cette allure de star qui est la sienne, même en baskets et pas coiffée. Elle a toujours la bonne intuition sur ce qui va monter dans l'actualité, elle sent les moments où l'on a besoin d'invités qui font du bien, son expression favorite, et elle excelle dans le mélange des genres.

Elle a aussi appris à considérer la parole des intellectuels et des artistes, à la rechercher, à travailler le fond autant que la forme; en retour, elle a réussi à convaincre la chaîne que les mots « populaire » et « paillettes » étaient respectables dans le service public et que la place de leader était la seule place enviable. Faire accepter cette assertion-là n'était pas gagné d'avance. Je suis bien placée pour le savoir. Dans son désir de réussite et de reconnaissance, elle a entraîné toute la machine à se dépasser et à gagner.

Quand elle fut sollicitée par Jean-Luc Lagardère pour rejoindre Europe 1 en 2017 avec des arguments financiers convaincants, elle refusa au nom de ce qui nous liait. Sa décision de rester ajouta à la détermination de toute la chaîne de se battre pour montrer que le débauchage par l'argent n'était ni une bonne manière ni un gage de succès. Au-delà de tout, Léa est une femme bien.

La création de son couple avec Nicolas à la rentrée de septembre 2017 pour tenir le *7/9* après le départ de Patrick Cohen fut aussi risquée que son arrivée sur Inter. Lorsque se scella leur union à l'antenne, ils avaient l'un et l'autre non seulement une forte personnalité mais aussi du métier. Beaucoup m'avaient prédit une guerre des ego fatale. Nicolas avait eu l'habitude d'être maître en son royaume pendant toutes ses premières années au *7/9*. Il envisageait la double animation comme une obligation inutile et pénalisante. Léa avait acquis une vraie puissance et n'entendait pas s'effacer devant le retour du fils prodigue, même si elle m'avait dit combien son admiration était grande, tant pour les qualités intellectuelles de Nicolas que pour ses dons d'anchorman. Elle avait eu cette jolie formule : « Quand Nicolas est arrivé sur France Inter, c'était pour nous tous dans le métier la révélation du Mozart de la radio. »

J'étais assez sûre de mon choix. En coulisses, j'aimais appeler ce couple Richard Burton et Elizabeth Taylor pour dédramatiser ; le moment était déterminant pour Inter. Nicolas fut réticent à partager l'antenne avec cette journaliste qu'il ne connaissait pas, aussi expansive qu'il était pudique ; il comprit cependant qu'il n'avait pas en elle une concurrente mais une partenaire complice qui veillerait sur lui et l'épaterait jusqu'à aujourd'hui encore.

Il fallut trois mois pour que ces deux-là s'observent, se flairent et finissent par se faire totalement confiance. Nicolas continuait d'être ce que les auditeurs aimaient tant, une présence amicale, puissante et réjouissante qui mettait à leur service une culture époustouflante sans jamais céder à la pédanterie et savait insuffler un esprit d'équipe autour de la table. Léa électrisait l'antenne, solaire, joyeuse, joueuse, posant toujours les bonnes questions au bon moment et ne lâchant jamais le morceau. Je lui avais d'ailleurs proposé de reprendre le *7/9* au départ de Patrick Cohen pour Europe 1 mais elle avait refusé ; elle venait d'accoucher et pressentit, avec son intuition habituelle, que trop de précipitation après cet événement lui nuirait ; elle me suivit entièrement dans ma décision de faire revenir Nicolas à la matinale.

Je connais Nicolas depuis vingt-cinq ans. Je l'ai vu grandir sur France Culture. Il commença tout petitement mais son charisme fut remarqué par Laure Adler qui lui confia le *7/9* lors de la rentrée de septembre 2002. Il releva le défi haut la main. Après l'époustouflante équipée de Jean Lebrun, c'était remarquable.

Grâce à sa formation universitaire et sa puissance intellectuelle, Nicolas a réussi à transformer un exercice journalistique en maïeutique. Il avait une capacité unique d'envisager l'actualité, non pas seulement comme la restitution mécanique d'infos en tout genre mais comme une démarche responsable qui doit donner aux auditeurs de la perspective. Après toutes ces années de matinale, il a conservé intacte cette volonté de choisir les bons mots pour remettre de l'ordre dans un monde de plus en plus illisible, de faire émerger le réel dans sa complexité, d'ancrer l'histoire immédiate dans le temps long, de domestiquer l'actualité pour ne pas en être l'esclave.

Il est l'homme du scrupule et fait de la matinale un espace de calme et d'intelligence exceptionnels.

Il est aussi l'homme de l'inquiétude et d'une maladie mentale brutale dont il a souhaité parler dans un livre paru au printemps dernier. Je savais Nicolas tourmenté, souvent au bord du précipice; mais je ne mesurais pas la souffrance qu'il endurait. Je l'ai souvent bousculé et probablement pas assez écouté; mais il me semblait important de l'arracher à sa mélancolie pour le rendre aux auditeurs qui l'aimaient tant. L'affection est aussi un puissant remède à cette maladie. Nicolas est tellement plus que cette bipolarité qui l'habite. C'est l'un des hommes que j'ai entendus le plus rire dans ma vie et l'une des énergies intellectuelles les plus puissantes que je connaisse.

Nicolas et Léa, ces noms qui vont si bien ensemble, ne résonnent plus désormais sur l'antenne de France Inter. Léa s'est finalement décidée à embarquer pour une autre aventure et c'est tout l'équilibre de la chaîne qui s'en trouve modifié.

Léa, contre toute attente, était devenue la reine de France Inter. Avec la puissance de son influence, elle garantissait la stabilité des audiences. Avec son côté pop, elle gagnait des auditeurs plus jeunes et populaires. Avec sa détermination et sa sûreté de jugement, elle rassurait la rédaction et la chaîne tout entière. Son couple formé avec Nicolas démontrait que l'antenne, même dans une tranche aussi exposée que la matinale, pouvait avoir la grâce d'un moment de tango. Et ça, c'était absolument unique dans le paysage radiophonique.

Un autre cycle commence pour la chaîne et la direction avec ses promesses, ses doutes et l'appréhension plus vive encore que d'habitude des résultats d'audience.

Cette expérience de direction d'un grand média d'influence fut emballante et épuisante. Emballante car voir les succès d'audience se succéder était un signe tellement encourageant quant à la curiosité des Français et l'utilité d'une chaîne de service public. Épuisante car la place de leader n'avait pas que des avantages et déchaînait les passions et les controverses. RTL, détrônée de sa place de première radio de France après des dizaines d'années de règne sans partage, se croyait obligée de publier des communiqués attribuant le succès de France Inter au nombre de ses fréquences. Les détracteurs de la chaîne qui s'accommodaient de sa place de challenger d'une grande chaîne privée ne décoléraient pas de la voir adoubée par un public de plus en plus nombreux et agitaient toujours plus vivement le drapeau d'une chaîne partisane. J'avais à répondre à chaque interview, chaque conférence de presse à la même question lancinante : France Inter est-elle une chaîne de gauche ?

J'en avais pris mon parti et répondais invariablement qu'il suffisait d'écouter la chaîne dans son ensemble pour constater que toutes les opinions y étaient représentées mais qu'en revanche il y avait certaines prises de position sociétales sur lesquelles il n'était pas question de revenir : le droit à l'avortement; la lutte contre les violences sexuelles; le respect des différences de genre; la nécessité de la parité ou le souci du sort de la planète.

La chaîne n'était pas de gauche mais elle était du côté du combat pour l'égalité et la liberté.

J'avais d'ailleurs trouvé un adjectif que je trouvais pertinent pour qualifier son identité.

Progressiste.

Il me semblait que tous les démocrates pouvaient se rallier à cette position.

Je me suis lourdement trompée et l'attaque la plus vive vint d'un intellectuel pour lequel j'ai eu et j'ai encore malgré nos oppositions idéologiques beaucoup d'estime et d'affection. Dans une longue tribune confiée au *Figaro*, Alain

Finkielkraut s'en prit à France Inter et à sa directrice qui avait osé qualifier la ligne éditoriale de la chaîne de progressiste.

Je n'en revenais pas. D'abord parce que nous avions une amitié ancienne, Alain et moi, datant de France Culture, et que jamais, même si nos opinions divergeaient, je ne l'aurais mis en cause publiquement, mais surtout parce que cette position par avance hostile à tout ce qui pouvait faire consensus dans un pays miné par le radicalisme politique et des revendications communautaires de tout bord me semblait tellement à l'opposé de tout ce qu'il avait toujours été. Je l'avais connu homme de l'intranquillité, il était vraiment devenu partisan et idéologue.

Pendant ces huit ans à la tête de France Inter, je ne lâcherais jamais sur cette ligne de défense d'un certain nombre de valeurs et de combats qui, je dois le confesser, me ramenaient à une morale chrétienne qui m'avait été enseignée pendant des années de catéchisme. Pour aller vite, faire que la justice règne sur Terre et que les plus faibles soient protégés des plus forts.

Amusant comme les tenants d'une France d'avant, forcément chrétienne dans ses valeurs, tournent facilement le dos à ces principes.

L'enseignement du Christ et celui des évangiles à bien y regarder ne seraient-ils pas un peu woke ?

À creuser.

Ce qui me reste de ces huit ans, ce sont ces batailles de plus en plus vives contre des ennemis politiques que le succès de la chaîne rendait hystériques, mais c'est surtout le souvenir de la puissance de ce collectif de métiers, de sensibilités, d'origines très différentes aimantés par la même passion pour cette chaîne et soudés comme jamais pour nourrir son succès, expérimenter de nouvelles formules, toucher de nouveaux publics.

9

Les épreuves

Durant mes huit années à la tête de France Inter, le pays affronta des drames sauvages. Les plus éprouvants furent les attentats islamistes de l'année 2015 et l'épidémie de Covid-19. France Inter avait commencé l'année 2015 en fanfare avec une interview exclusive du président Hollande le lundi de la rentrée, 5 janvier. Le lendemain c'était le tour de Michel Houellebecq, rare dans les médias, pour son livre *Soumission* dans lequel il imaginait la reddition de la République aux forces islamistes. Le lendemain le réel percuta la littérature et lui donna des accents prémonitoires.

J'étais au magazine *Elle* pour une séance de photos avec des consœurs de la presse quand me parvint un appel impérieux du directeur des programmes : « Reviens immédiatement. Il y a eu un attentat contre *Charlie Hebdo* et le bilan semble lourd. » Douze personnes avaient été assassinées dans les locaux de la rédaction par les frères Kouachi, dont notre ami Bernard Maris qui nous régalait tous les matins de ses chroniques économiques à la sauce baba cool. Nous adorions sa décontraction et son accent du Sud. Ce fut un choc pour tous ses amis d'Inter, épouvantés par la violence de cette exécution de civils dont les seules armes étaient l'intelligence et le coup de crayon.

Après *Charlie Hebdo*, il y eut le meurtre de la policière Clarissa Jean-Philippe, celui du gardien de la paix Ahmed Merabet, la prise d'otages et le massacre de l'Hyper Cacher. En quelques jours, la France plongeait dans une vague d'attentats terroristes comme elle n'en avait jamais connu. Les deux patrons de l'audiovisuel public, Mathieu Gallet pour Radio France et Rémy Pflimlin pour France TV, prirent très vite la mesure de l'événement et décidèrent d'organiser une soirée d'hommage aux caricaturistes à l'issue des grandes marches républicaines organisées en France et à l'étranger.

Je me souviens de la première réunion entre les équipes d'Inter et de France Télévisions. Nous avions trois jours pour préparer à l'auditorium de Radio France une soirée à la hauteur du mordant de *Charlie*. J'avais invité à cette réunion Charline Vanhoenacker, adepte de l'esprit *Charlie Hebdo*, car je savais qu'elle aurait des idées pour honorer Charb, Cabu, Tignous, Honoré, Wolinski, sans grandiloquence. France Télévisions nous proposa une liste de chanteurs prêts à dérouler leur répertoire pour rendre hommage aux victimes. Charline rappela alors de façon cinglante que les équipes de *Charlie* avaient été assassinées parce qu'elles avaient publié douze caricatures du Prophète ; la seule façon de leur rendre hommage était de ne pas éluder les raisons politiques de cette soirée et de continuer à porter la plume contre le radicalisme islamique.

Charline et Inter eurent gain de cause. Lors de cette soirée inoubliable, toujours sur le fil mais impeccables, Charline, Alex et Guillaume accompagnés de Daniel Morin produisirent trois sketchs à la façon *Charlie*, avec des mises en scène gratinées du Prophète qui leur valurent une protection policière pendant des mois.

Quelques jours après cette soirée, l'équipe accepta de partir pour Angoulême au Festival de la BD pour réaliser une émission devant plusieurs centaines de personnes. Dans ce contexte, c'était un vrai risque. Il revenait à Frédéric Fromet de conclure l'émission par une chanson dont lui seul avait le secret. À la stupéfaction de tous, il entama une chanson intitulée « Coulibaly Coulibalo », inspirée par Amedy Coulibaly, le complice des frères Kouachi. Après un moment de sidération, la salle explosa d'un rire pantagruélique et salvateur. Cette chanson était un bras d'honneur aux terroristes.

Je veux le dire haut et fort : il y eut de la part de cette équipe un engagement constant pour dénoncer de la façon la plus claire et la plus incisive le radicalisme islamiste. Après les attentats terroristes du Hamas contre Israël le 7 octobre 2023, beaucoup ont feint d'ignorer l'engagement et le courage de l'équipe de Charline dans ce combat contre l'islamisme. L'extrême droite et ses organes de presse voulaient faire croire que les médias publics étaient un repère d'islamo-gauchistes sous influence. J'y reviendrai.

Nous pensions avoir connu le pire avec les attentats de *Charlie Hebdo*. Ceux du 13 novembre 2015 allaient démontrer le contraire. Ce vendredi, les réunions s'étaient enchaînées et je cherchais mon sac égaré dans le labyrinthe des salles de Radio France. Il était 21 h 30. Tout à coup les alertes déferlèrent sur mon téléphone : il se passait quelque chose de grave au centre de Paris, sans doute des attentats terroristes dans plusieurs lieux publics. Je remontai à l'étage de la rédaction, y retrouvai un malheureux rédacteur en chef et une toute jeune débutante affectée aux flashes. J'essayai de joindre le directeur de la rédaction, Jean-Marc Four, en vain. Puis son adjointe, Angélique Bouin, sans plus de succès. Je commençais à paniquer. Une bombe avait explosé devant le Stade de France où se déroulait un match auquel assistait le président de la République François Hollande; surtout, le Bataclan était investi par des terroristes lourdement armés après que des terrasses de café avaient été visées dans le quartier de République.

Alors que je désespérais de voir Inter à la hauteur de la situation, les journalistes débarquèrent, le visage tendu, le casque de moto à la main, sans qu'on ait eu besoin de les appeler. Découvrir les alertes sur leur téléphone avait suffi. Ils avaient compris combien la situation était grave et revenaient de leur propre chef couvrir les événements. Jean-Marc Four est enfin arrivé et a pris la situation en main, déléguant des reporters sur place avec des consignes de sécurité très fermes et une ligne éditoriale : prendre l'antenne en direct uniquement pour délivrer des informations fiables. C'est Sébastien Paour, l'homme du journal de 19 heures, qui lança l'édition spéciale vers 23 heures et la poursuivit jusqu'à 4 heures du matin, jonglant avec les informations venues de la préfecture de police de Paris et des différents hôpitaux, les réactions des personnalités politiques et les témoignages des reporters sur place. La cabine du studio était pleine à craquer ; nous avions besoin d'être ensemble pour affronter cette tragédie. Au fil de la nuit, nous mesurions l'ampleur, l'atrocité, la férocité. Pendant plusieurs jours, l'essentiel de l'antenne fut consacré à cette tuerie dans un climat d'extrême responsabilité mais aussi de crainte ; tout le monde pensait à la possibilité de nouveaux attentats. Les salariés étaient habités par l'obsession de délivrer la meilleure antenne qui soit sans panique, dans le souci d'accompagner un pays meurtri. Cette cohésion des équipes, cette détermination à donner le meilleur m'ont profondément marquée. Je venais d'arriver à la tête de la chaîne et mesurais d'un coup la puissance de l'outil que j'avais entre les mains, la conscience professionelle des équipes, la solidité de la rédaction, de ses reporters, de ses experts.

Je vécus la période de l'épidémie de Covid-19 avec la même intensité mais sur une période plus longue. L'annonce par le président de la République, le 12 mars 2020, de la fermeture de tous les lieux publics, entreprises, administrations, lieux de spectacle, restaurants fut un choc dans tout le pays. Avec un sang-froid exceptionnel et un sens remarquable du bien commun, chacun s'organisa pour respecter les consignes qui semblaient irréelles. Rester claquemuré chez soi nuit et jour avec une autorisation de sortie de soixante minutes quotidiennes était inouï. La maison Radio France se plia elle aussi aux obligations sanitaires tout en assurant la diffusion des trois chaînes d'intérêt vital, France Inter, France Info et France Bleu, aujourd'hui Ici.

Je dois dire que le sang froid de la présidente et l'engagement de sa garde rapprochée, notamment Marie Message qui, de directrice des finances et des opérations extérieures, se mua en agent commercial hyper efficace pour nous approvisionner en masques ou produits désinfectants, et Xavier Domino, secrétaire général que nous appelions avec affection le préfet Domino, tant il exerçait une vigilance de grand commis de l'État sur le bon fonctionnement de la machine, nous aideront considérablement à tenir.

France Inter devait évidemment continuer d'émettre pour apporter à la population l'information la plus rigoureuse mais dans des conditions extrêmement dégradées ; de trois cents personnes par jour sur site nous passâmes à trente autorisées avec un protocole drastique pour contrôler la présence physique des salariés dans les bureaux, studios, cabines et cellules de montage. Une fois connues les consignes de Radio France, j'organisai une réunion avec Yann Chouquet, le directeur des programmes, et Catherine Nayl, la directrice de l'info. Nous devions reformuler la grille et redistribuer les moyens de production en les fléchant vers la rédaction, qui était alors le cœur du réacteur.

Je n'ai jamais fait une grille de programmes aussi vite. En moins de deux heures, c'était plié avec trois consignes : allonger les tranches de la rédaction pour donner un maximum d'informations aux Français, multiplier les opportunités d'interactivité ; installer une longue session *feelgood* dans la matinée. Elle fut confiée à Ali Rebeihi dont l'émission *Grand bien vous fasse* n'avait jamais si bien porté son nom. Il mitonna des matinées réconfortantes comme des brioches. Pour le reste de l'antenne, il fallait se contenter de rediffusions. Il n'y avait pas moyen de faire autrement si l'on voulait donner à la rédaction les moyens de fournir régulièrement des infos avec seulement trente personnes présentes chaque jour. Plus de *Boomerang* ; plus de *Bande originale* ; plus de *Terre au carré* ; plus d'*Affaires sensibles* ; plus de *Par Jupiter* ; plus d'*Heure bleue* ; plus de *Very Good Trip*.

Cette réunion achevée, Yann passa des coups de fil pour informer les équipes des nouvelles directives, les prier d'être patientes, expliquer les raisons du principe de rediffusion et organiser les équipes de production dont les émissions restaient en diffusion fraîche. De son côté, Catherine mit en place en quelques heures les dispositifs de réunion en visio pour la rédaction, les plannings de présentiel, les consignes pour les reportages ; et surtout les lignes ouvertes aux auditeurs dans toutes les sessions d'info pour que les angoisses, les inquiétudes mais aussi les joies minuscules s'expriment.

Ce dialogue permanent ouvert avec les auditeurs sauvegardait un peu d'humanité. Trois jours après l'annonce du confinement, la nouvelle grille de France Inter était en place. Je n'ai pas souffert de cette accélération dans l'organisation de la chaîne. L'équipe de direction était solide, je savais que nous étions capables d'offrir le meilleur aux auditeurs tout en prenant soin des salariés sur site. Le plus difficile fut de tenir dans la durée, de maintenir le lien avec l'ensemble des membres de la chaîne. Pour ma part, ce fut de renoncer à faire partie des quelques cadres autorisés à venir à la radio. Je me consolais en parlant avec Yann et Catherine une dizaine de fois par jour au téléphone.

De cette époque, je retiens l'impatience des équipes à reprendre l'antenne au plus vite. Nagui, Charline et son équipe, Mathieu Vidard, Jérôme Garcin et tous les autres s'organisèrent pour reprendre l'antenne moins de quinze jours après l'annonce du confinement avec des dispositifs inventifs, un sens unique de la radio et la virtuosité hallucinante des équipes de production. Tout se faisait à distance. Les émissions étaient ensuite assemblées dans les cuisines ou les salles à manger des réalisateurs et envoyées à Paris.

J'ai encore dans l'oreille l'hommage rendu au pied levé par des artistes à Christophe dans la *Bande originale*, moins de deux heures après l'annonce de sa mort. Je suis encore émue par le format inventé par Thomas Croisière pour l'émission *Par Jupiter*. Tous les jours, nous avions droit à une capsule cinématographique hyper réalisée, avec effets sonores et extraits de films, pour accompagner les critiques pertinentes et sensibles de ses deux enfants après le visionnage avec leur père d'un film culte. Ce miracle quotidien illustrait l'intelligence, l'incroyable professionnalisme et l'engagement des équipes.

Tout le monde essaya d'accompagner le mieux possible les Français dans cette épreuve. Les programmateurs musicaux se mirent en quatre pour suivre l'actualité musicale et fournir une bande-son qui nous fasse du bien. Jocelyn Perrotin, directeur de la musique depuis peu, persuada des artistes comme Clara Luciani ou Stephan Eicher de produire en solo et en privé, d'un coin de leur chambre ou de leur cuisine, des mini-récitals. Ces moments étaient magiques. Lorsque la liaison s'établissait et qu'on entendait les artistes, du bout de la France ou de l'Europe, achever les derniers branchements techniques, impatients de rompre leur solitude et de partager un moment joyeux, c'était une fête.

J'eus la chance d'avoir un comité de direction hors du commun. Je voudrais m'arrêter sur l'un de ses membres. En 2017, le remplacement de l'anchorman du *7/9* était au cœur des conversations. Mais le remplacement du directeur des programmes, Emmanuel Perreau, était tout aussi stratégique pour moi et compliqué. C'est un poste déterminant dans le fonctionnement éditorial et managérial d'une antenne comme Inter. J'ai beaucoup hésité à ce moment-là et me suis finalement fiée à mon intuition. Tout le monde me conseillait de chercher à l'extérieur pour montrer que la chaîne suscitait encore du désir. J'ai penché vers cette solution et me suis ravisée au dernier moment. Aux côtés d'Emmanuel Perreau, un jeune homme pilotait les moyens de production humains et matériels. Il était le meilleur réalisateur de la maison, tant par son savoir-faire – il avait été à bonne école avec Daniel Mermet et Rebecca Manzoni – que par son souci de diversifier le profil des auditeurs. C'était Yann Chouquet, technicien hors pair de la mécanique radiophonique et auditeur d'Inter passionné.

Je me décidai pour lui avec une seule réserve : sa capacité à prendre l'ascendant sur les producteurs et productrices. La réponse tint en une phrase : la chaîne ne cessa de grimper dans les sondages, de son arrivée jusqu'à son départ en 2024. Yann apporta à la chaîne son goût pour la culture populaire, sa connaissance du milieu des humoristes, son expérience de jeune père d'une petite fille qu'il fallait occuper pendant les longs voyages en voiture. Il inventa les podcasts pour les enfants, *Oli* et *Les Odyssées*. Il donna aussi à la chaîne sa capacité de travail unique, cultivée par des kilomètres de brasse dans toutes les piscines parisiennes.

Ma plus grande fierté, durant ces huit années passées à la direction de France Inter, est d'avoir vu se révéler à elles-mêmes des personnalités de toutes origines et d'avoir tenu la promesse républicaine d'une réussite par le mérite et l'investissement personnel plus que par les réseaux, le piston ou les origines sociales. Yann est l'incarnation de cette promesse d'égalité. Le voir gravir les échelons de Radio France continue de m'émouvoir et de me réconforter.

Je suis restée huit ans à la tête de France Inter. Peut-être aurais-je pu y rester davantage. J'avais confié mes doutes à une amie sur ma résistance à porter l'antenne au-delà de la présidentielle de 2022. Ces paroles privées remontèrent à la présidente, qui s'empressa de les prendre au sérieux. Elle vint en prendre acte dans mon bureau un vendredi soir de l'automne 2020. J'ai été, je dois le dire, sidérée puis meurtrie de cet empressement à entériner un départ que je n'avais pas décidé et que je ne lui avais même pas formulé mais je compris de suite que la présidente voulait sa propre nomination pour la première chaîne du groupe et qu'aucun retour en arrière n'était possible. De ces huit années, je garde un souvenir de joies immenses et de chagrins vertigineux. Le plus vif fut celui de la mort de Mathieu, si imprévisible et violente.

10

Mathieu ou le grand chagrin

Mathieu a été mon complice, mon ami, mon confident, mon petit frère, mon partenaire, mon conseiller, mon repère pendant près de vingt ans à la radio et dans la vie. Notre affection et notre amitié étaient uniques. Je le savais à mes côtés en toutes circonstances. Il était solide, attentif, réactif, drôle et loyal. Il était toujours informé de tout et ne lâchait rien. Il s'est donné la mort le dimanche 7 juin 2020 et je ne m'en console pas.

J'ai eu d'autres deuils cruels, qui se sont néanmoins adoucis grâce au sentiment que mes relations avec les défunts étaient allées à leur terme. Ce n'est pas le cas avec Mathieu. Je n'ai pas été assez sensible à ce qu'il était au fond de lui-même.

Il me disait qu'il était heureux à Radio France, épanoui dans sa vie privée et je ne cherchais pas plus loin. Cela m'arrangeait bien. La vie professionnelle était demandeuse, obsédante, je m'appuyais sur Mathieu qui se plaignait si peu, semblait doué d'un sang-froid exceptionnel et prenait à bras-le-corps toutes les difficultés et les états d'âme de son équipe. D'un seul coup, trop tard, j'ai compris que je n'avais pas pris la mesure de l'énergie qu'avaient demandée à Mathieu son ascension sociale, sa bagarre continuelle pour être à la hauteur de mes attentes et de celles de Léa et Nicolas, des équipes de la rédaction, de Mayada ou Juliette, ses amies si chères. Il avait un besoin dévorant de s'assurer l'admiration et l'affection des personnes qui comptaient pour lui.

J'ai eu l'impression amère d'avoir instrumentalisé l'affection de Mathieu. Le mot peut paraître excessif, mais cette tragédie impose que je me regarde en face et que j'admette que l'obsession de la performance m'a aveuglée.

J'ai connu Mathieu à France Culture, alors que j'étais directrice adjointe de la chaîne auprès de Laure. Je ne me souviens plus de notre première rencontre. J'ai le souvenir précis du tout jeune homme qu'il était à son arrivée. On ne pouvait pas ne pas remarquer sa silhouette juvénile, un peu ronde, son regard vif, son sourire lumineux et son appétit d'apprendre. Il semblait toujours à l'affût d'une rencontre, d'une surprise. Son esprit irradiait toute sa personne. Il avait profité de l'été pour faire un stage à France Culture au service de la fiction, dirigé par Bernard Comment. C'était un contrepoint aux études de gestion des institutions culturelles qu'il avait entreprises. Très vite, l'envie d'agir l'emporta sur les études, et lorsque Bernard lui proposa de rester comme assistant du service, il accepta, submergé de bonheur. Il interrompit son cursus universitaire sans le dire à sa mère, Suzanne, une femme qui vouait à son fils un amour inconditionnel sans toujours comprendre à quoi il aspirait. Mathieu avait perdu son père au début de l'adolescence. Cette perte resta inscrite dans les fibres de son être dont nous pensions tous qu'il était de granit.

Je vois encore la tristesse profonde de Mathieu au cimetière du Père-Lachaise, après la cérémonie d'adieux au frère de Nicolas Demorand, Sébastien. Nicolas avait prévu d'inviter tous ses parents et amis à partager un moment de gourmandise au Paul Bert. J'insistai beaucoup pour que Mathieu s'y rende ; mais il était incapable de se mêler au groupe. Chaque enterrement le ramenait à ce matin des funérailles de son père, à la place vide dans les repas familiaux, à la perte irrémédiable d'un tuteur.

Mathieu et moi fîmes vraiment connaissance lorsqu'il accepta de venir à mes côtés et ceux de Laure comme assistant de direction. Il participa à la petite bande qui me protégea pendant mes années à la direction de France Culture : Maryvonne Abolivier, Christine Bernard, Sophie Berdah. Elles sont encore à l'œuvre à Radio France et tiennent entre leurs mains la stabilité de l'ensemble, comme tant d'assistantes et d'assistants de direction ou de production. Je pense à mes deux dernières anges gardiennes, Nacira et Florence. Entre la course aux rendez-vous, la ronde interminable des réunions, le bouleversement constant des agendas, la distraction de Laure qui perdait ses billets de train ou d'avion et ma manie obsessionnelle de demander de la documentation à n'en plus finir, Mathieu était tout le temps sous pression. Mais il était fier d'être au cœur de l'une des matrices culturelles les plus puissantes de France. Mathieu était intensément touché par les émotions qu'une œuvre d'art provoque dans la vie. Nous avions en partage l'amour de Pina Bausch, que je lui avais fait découvrir. Nous prîmes l'habitude d'assister ensemble à tous ses spectacles au Théâtre de la Ville ; nous partagions la même reconnaissance à l'égard de cette artiste si lucide sur les relations amoureuses.

Lorsque Jean-Luc Hees me demanda de rejoindre Philippe Val à la direction de France Inter, je savais que je n'y arriverais qu'avec Mathieu. Il accepta de se jeter à l'eau avec moi. Nous arrivâmes donc ensemble pour préparer la rentrée de septembre 2010. Nicolas Demorand venait de filer sur Europe 1, Patrick Cohen le remplaçait au *7/9*. Il lui fallait un programmateur d'actu mais aussi, nous en étions convenus avec Philippe Val, quelqu'un qui ouvre les fenêtres de la matinale aux artistes et aux intellectuels. Mathieu accepta le poste, décidé à réussir dans l'un des lieux les plus exposés de Paris, la rédaction de France Inter, avec l'un des patrons les plus exigeants du milieu, Patrick.

Mathieu occupa ce poste de rédacteur en chef de la matinale de France Inter pendant dix ans exactement, de septembre 2010 à juin 2020, date de sa mort. Il devint le meilleur et le plus respecté de tout Paris. Il était parvenu à nouer un réseau d'amitiés avec le monde du cinéma, du théâtre et de l'édition. Il adorait les moments passés en tête à tête avec Karina Hocine, secrétaire générale des éditions Gallimard, ou Sophie de Closets, patronne de Flammarion, ses grandes copines. Il négociait les exclusivités, repérait les auteurs de talent, parlait de tout et de rien car il avait aussi un certain goût pour le *gossip*. Il se battait tous les jours pour avoir les meilleurs invités dans « sa » matinale, il en faisait une affaire personnelle. On pouvait le joindre à toute heure du jour et de la nuit ; il était le premier sur le pont quand un événement grave se profilait.

Je veux reproduire ici les propos de Léa et Nicolas sur l'antenne de France Inter au lendemain de sa mort, leurs mots d'adieu à un ami.

« Il s'appelait Mathieu Sarda, il avait quarante et un ans et il nous a quittés dimanche soir.

France Inter est sous le choc, notre petite équipe du *7/9* est sous le choc. Cet amoureux du théâtre et de la littérature préférait les coulisses et arpenter les couloirs, la régie, les bureaux d'un pas vif, le carnet à la main, pour parler à tout le monde, pour prendre des notes et pour imaginer des émissions possibles. Hier, pour la première, fois, on n'a pas entendu son : "Alors comment ça va ?" à 6 h 30 du matin quand il arrivait à la radio, sourire aux lèvres et tiré à quatre épingles. "Alors comment ça va ?", la question rituelle qui nous faisait du bien, à Léa et à moi, et qui nous disait que rien de ce qui allait arriver dans la journée ne serait grave.

Le succès de la matinale, c'est lui. Le mariage heureux entre des invités politiques, des artistes, des intellectuels, entre l'émotion d'un côté et la réflexion de l'autre, c'était lui. À chaque fois qu'on rechignait à prendre tel invité, Nico et moi, il insistait : "Mais si faites-le, faites-le c'est bien pour les auditeurs, c'est bien pour la matinale." Alors on l'écoutait et à chaque fois Mathieu avait raison. Dans notre jargon, on appelle ça un programmateur en chef mais le mot ne suffit pas à décrire ce que faisait Mathieu, sa présence à chaque instant, son intelligence, son exigence et surtout sa gentillesse. [...] On a travaillé ensemble tous les jours, sept jours sur sept quand il le fallait, et rien ne pouvait nous arriver parce que Mathieu était là, derrière la vitre de ce studio. [...] Mathieu était l'être le plus fin, le plus délicat de tous. La grâce, c'était lui. Il était notre ami. [...] Pardon de partager notre peine avec vous, chers auditeurs, mais notre cœur est un peu déchiré ce matin. »

À l'annonce de sa mort, des centaines de messages d'amitié et de tristesse sont arrivés à France Inter, témoignant de la place qu'il avait réussi à prendre dans tous les cercles d'influence, politiques, intellectuels, artistiques mais aussi dans le cœur des gens. Pour tout le monde il était le battant, l'irréductible, le charmeur. Mathieu avait acquis une place unique dans le milieu parisien. Il aimait tellement aimer, à commencer par ses enfants Rosine et Gustave, dont il parlait avec tant de tendresse.

Tout jeune arrivé à France Culture, il m'avait dit combien il avait rêvé d'être à Paris, au cœur de la vie culturelle et intellectuelle, lui qui venait de province. Il m'avait confié ne pas pouvoir imaginer une vie loin des émotions artistiques. Avait-il mesuré les efforts que cette ascension dans un milieu féroce lui coûterait ? Avait-il pris conscience du vide créé par l'absence de son père, alors qu'il n'était qu'un ado ? Avait-il réalisé que, malgré son envie d'émancipation, il était le produit d'une éducation catholique et d'un milieu dans lequel on n'acceptait pas facilement l'homosexualité, celle qu'il assuma après avoir eu deux enfants qu'il aimait passionnément ? Lorsque Mathieu m'annonça avec solennité et malice qu'il avait changé de vie et qu'il vivait désormais avec un homme, je lui répondis que l'essentiel était qu'il fût heureux. Ses enfants, le cœur de son existence, avaient accepté ce changement de cap avec philosophie et curiosité. Je n'ai pas poussé plus loin l'investigation sur la façon dont les choses s'étaient passées avec sa famille, avec sa compagne et mère de ses enfants, par paresse et par conformisme. Dans mon milieu, l'expression d'une vérité personnelle fait partie du cours de la vie. Je suis sûre que pour Mathieu, la reconnaissance de son homosexualité a été une épreuve. Il a craint d'être encore une fois orphelin de sa famille, de ses amis, de son cercle d'intimes. Il faut écouter les paroles bouleversantes de Pierre Lapointe, interprète québécois lors d'un concert à l'Auditorium de Radio France : « Vous les hétéros, vous ne pouvez pas comprendre la honte qui nous habite. »

Je suis sûre que pour Mathieu ce mot de honte avait une résonance particulière. Il l'avait éprouvée, quand il était jeune et solitaire. C'était un inquiet compulsif. Il était préoccupé de son poids, de son allure, de ce qu'on pensait de lui. Un accroc dans ses relations était une remise en question existentielle, un vertige qu'il ne pouvait pas assumer. Mathieu a trop exigé de lui-même et je n'ai jamais pris la mesure de cette fragilité. Je lui ai trop demandé, notamment pendant l'épidémie de Covid qui avait imposé à nos vies des changements brutaux. Une dispute personnelle a sans doute achevé ce qui lui restait de force. Sophie de Closets me confia que quelques jours avant sa mort il avait renoncé à discuter des sorties de la rentrée. Il avait délégué son rendez-vous à quelqu'un de l'équipe tant il était épuisé.

Mon cher Mathieu, je suis sûre que vous ne reposez pas en paix car ce n'est pas votre genre. Vous êtes dans nos cœurs. Léa et moi ne commençons jamais un tour d'horizon sans espérer que vous y participez et faites vos commentaires.

Votre départ m'a fait douter pour la première fois de mon investissement si puissant dans la vie professionnelle. Rien ne justifiait qu'on passe à ce point à côté des gens qu'on aime. Je m'étais absorbée dans ma carrière, j'imaginais réaliser ainsi les espoirs de mon père alors qu'il n'en demandait sans doute pas tant. J'ai délaissé ma famille, ma sœur et mon frère notamment, au profit de ma réussite, de ma place de première de classe. C'est vous qui m'avez ouvert les yeux sur une partie de moi-même ; mais au prix de quel chagrin. Nous aurions pu faire encore tant de choses ensemble, boire tant de gin tonics, partager tant de mauvaises blagues, nous recommander des livres ou des spectacles, nous aimer, tout simplement.

11

Sarajevo, Alger, Tibhirine

J'aime les exercices d'admiration et les bons sentiments. C'est mon côté midinette. Durant ces cinquante ans de vie à Radio France, j'ai eu la chance de rencontrer des personnalités exceptionnelles. Certaines ont acquis une grande notoriété, d'autres non, certaines sont encore en vie, d'autres non; toutes m'ont fait grandir et forment une famille élargie à laquelle je tiens et dont les valeurs m'inspirent. Je veux évoquer ici les plus marquantes.

La première est celle de Francis Bueb. Il fut le directeur du centre culturel André-Malraux à Sarajevo. C'était un centre bien particulier, à l'écart du Quai d'Orsay, né de la volonté de cet homme de partager le sort de la ville, au cœur de la Bosnie-Herzégovine, en pleine guerre des Balkans.

À la mort de Tito, les velléités nationalistes et les antagonismes religieux avaient vite fait de se réveiller et d'embraser la région tout entière, scellant définitivement la mort de la Yougoslavie et le rêve d'un communisme fédérateur et pacificateur. La Croatie la première revendiqua son indépendance, suivie de peu par la Serbie et la Bosnie-Herzégovine. L'intrication des différentes populations et la méfiance accumulée pendant des siècles rendirent ces aspirations nationalistes invivables. Les images des massacres et des viols perpétrés contre les populations civiles tournaient en boucle sur les écrans de télévision, nous plongeant dans une culpabilité dont nous ne savions que faire. Pour ma génération, le martyre de Sarajevo fut le symbole de cette guerre. Assiégés par les forces serbes, ses habitants furent affamés et torturés pendant 1 390 jours dès avril 1992.

Cet homme, aujourd'hui disparu, a donné sa vie pour ce qu'il considéra comme son devoir d'homme. Lorsque le siège de Sarajevo commença, il vivait à Strasbourg. Il était le directeur de l'action culturelle de la Fnac, grand admirateur d'André Malraux et de son engagement pendant la guerre d'Espagne. En quelques semaines, il quitta tout pour rejoindre la capitale de la Bosnie et partager le sort des milliers de civils. L'écrasement programmé de la ville, l'objectif d'épuration ethnique lui étaient insupportables. L'idée de partir pour se battre ne le quitta plus. « Ma conscience m'a amené là », me confia-t-il avec son sourire désarmant. Il croyait que la culture pouvait venir à bout des tragédies du monde. Il se dévoua à cette conviction.

Quand il arriva à Sarajevo, il ouvrit d'abord une librairie et partagea ce que les habitants vivaient alors, la peur, les restrictions, le sentiment d'abandon et l'incompréhension totale face à l'inaction de l'Europe. Il fit tout ce qu'il put avec des moyens misérables, malgré la guerre, pour garder le contact avec celles et ceux qu'il avait rencontrés dans sa vie antérieure, les auteurs, les dessinateurs, les artistes car il savait qu'il fallait à tout prix entretenir un réseau d'amitiés et de solidarités pour mobiliser les consciences françaises sur le sort de Sarajevo. On n'imagine plus aujourd'hui combien ces voix d'écrivains, de philosophes, de cinéastes pouvaient être influentes. Francis fit venir des intellectuels et des artistes comme Susan Sontag, Juan Goytisolo, Romain Goupil, Jane Birkin, Jean-Luc Godard, Enki Bilal, Jeanne Moreau ou Erri De Luca. Il a entretenu le souci du sort de cette ville dans chaque esprit, pendant ces années de siège, et bien après.

Je le rencontrai en mai 1999. La guerre s'était tue depuis trois ans, Laure Adler avait décidé qu'il était important de retourner à Sarajevo pour documenter l'après-guerre. Elle me confia la production d'une traversée radiophonique de plusieurs heures, en direct, une sorte de hors-série que la chaîne programmait lorsque le monde s'enflammait. J'ai adoré la production de ces formats hors norme avec l'expertise des équipes de Radio France, d'abord pour la performance radiophonique d'un direct de plusieurs heures au cœur d'un studio de fortune installé au milieu de nulle part, mais surtout pour l'exercice narratif d'un présent souvent tragique, qu'il fallait projeter dans un cadre historique et géopolitique pour le rendre intelligible. Depuis l'avion qui nous amenait, j'avais vu soudain surgir le grand immeuble éventré du quotidien *Oslobođenje* que nous avions aperçu si souvent sur nos écrans de télévision. J'ai su de suite que j'allais me cogner pour la première fois de ma vie aux souffrances et aux malheurs de la guerre. J'ai eu peur, mais dès ma première rencontre avec Francis, je me suis dit qu'il fallait être à la hauteur.

Il était grand, maigre, la cigarette aux lèvres. Le plus frappant c'était son regard, brun, bouleversant. On sentait que la guerre avait mobilisé ses forces, sa volonté et que rien d'autre ne comptait plus. Ce combat continuait de le consumer. Il ne quittait pas son bureau ni sa cigarette, jamais son téléphone. Il était vissé à son siège, dédié à sa mission de passeur. C'était un homme secret qui parlait peu. Pourtant il était entouré de dizaines de jeunes gens qui avaient trouvé refuge au centre Malraux et continuaient de s'y rendre avec une allégresse non feinte. Francis ne souriait vraiment qu'avec eux. Toute la ville le connaissait et l'aimait. Le général Divjak, héros de la guerre, colosse flamboyant et bienveillant, l'étreignait à chaque rencontre ; les professeurs de la section française de l'université, Hanifa Kapidžić notamment, femme remarquable qui refusa de quitter Sarajevo, ne manquaient jamais de le citer comme citoyen d'honneur et frère d'armes. Mais une mélancolie tenace le taraudait. Il savait que rien ne ferait revenir le Sarajevo multiethnique et multiconfessionnel d'avant. Alors que nous lui parlions de cette jeunesse joyeuse qui parcourait les rues de la ville, dès le soir tombé, ou de la tranquillité retrouvée des quartiers périphériques, avec leurs maisons en bois et leurs jardins débordant d'iris et de pivoines, il évoquait les parcs publics changés en cimetières, les milliers de réfugiés venus des campagnes, les amoureux, les vieillards, les enfants assassinés de sang-froid par des snipers. Il savait qu'il n'y aurait plus de retour possible en France après ces années de feu et de folie. Il pressentait que la vie après la guerre serait amère, qu'il n'y aurait plus de place pour les idéalistes de son genre.

Nous avons partagé quelques repas bien arrosés avec Ziba, son inestimable femme, élaboré des listes d'invités et partagé une longue accolade à la fin des trois heures de direct auxquelles il avait refusé de participer pour laisser place aux gens de Sarajevo. C'est tout. Mais la sincérité du personnage est absolument intacte dans ma mémoire. Francis est mort le 23 octobre 2023 en France après une longue maladie. J'espère qu'il est mort en paix.

Une autre rencontre me marqua durablement. Laure m'avait confié la production d'une session radiophonique, cette fois depuis Alger. C'était en février 2000. L'Algérie sortait à peine de ce qu'on appela la décennie noire, celle de la guerre civile pendant laquelle des groupes armés islamistes firent régner la terreur dans toutes les régions et spécialement contre les intellectuels, enseignants compris. Dix ans après le début des troubles et des milliers de morts, le pouvoir algérien semblait avoir repris le contrôle de la situation.

L'ambassade de France décidait de rouvrir le centre culturel français après de longues années. La France avait en effet rappelé ses coopérants et fermé les institutions de coopération les unes après les autres. Ce geste laissa un goût amer aux Algériens, qui ne manquèrent pas de le dire lors de cette longue émission. Peu de Français restèrent. Parmi ceux-là, on compte tous les membres de l'Église chrétienne d'Algérie, dont aucun ne quitta le pays durant ces années funestes.

Comme beaucoup, j'avais été profondément marquée par l'enlèvement des moines de Tibhirine dans la nuit du 26 au 27 mars 1996, suivi de leur séquestration et de leur décapitation. J'avais aussi suivi la découverte posthume du testament spirituel du prieur du monastère, le père Christian de Chergé. Il avait été écrit peu de temps après la première visite d'un groupe islamiste au monastère en décembre 1993, deux ans avant leur assassinat. Dans ce testament prémonitoire, le père de Chergé a des mots poignants sur ce pays, sur l'islam et sa vie. Il me semble que l'on ferait bien de le relire en ces temps de confusion idéologique. Il y distingue l'islam de l'islamisme; il fait la part entre l'immense majorité de la population et les terroristes, il sait dire combien il aime ce pays. Avec une prescience absolue de ce qui lui arrivera tôt ou tard, il accorde par avance son pardon à son assassin dont il se sent proche, envers et contre tout. Ce texte est magnifique :

« S'il m'arrivait un jour – et ça pourrait être aujourd'hui – d'être victime du terrorisme qui semble vouloir englober maintenant tous les étrangers vivant en Algérie, j'aimerais que ma communauté, mon église, ma famille se souviennent que ma vie était DONNÉE à Dieu et à ce pays. [...] Qu'ils sachent associer cette mort à tant d'autres aussi violentes, laissées dans l'indifférence de l'anonymat. Ma vie n'a pas plus de prix qu'une autre. Elle n'en a pas moins non plus. En tout cas, elle n'a pas l'innocence de l'enfance. [...] Je ne saurais souhaiter une telle mort. Il me paraît important de le professer. Je ne vois pas, en effet, comment je pourrais me réjouir que ce peuple que j'aime soit indistinctement accusé de mon meurtre. C'est trop cher payé ce qu'on appellera peut-être la "grâce du martyre" que de la devoir à un Algérien, quel qu'il soit, surtout s'il dit agir en fidélité à ce qu'il croit être l'islam. Je sais le mépris dont on a pu entourer les Algériens pris globalement. Je sais aussi les caricatures de l'islam qu'encourage un certain islamisme. Il est trop facile de se donner bonne conscience en identifiant cette voie religieuse avec les intégrismes de ces extrémistes. L'Algérie et l'islam, pour moi, c'est autre chose, c'est un corps et une âme. [...] Cette vie perdue, totalement mienne, et totalement leur, je rends grâce à Dieu qui semble l'avoir voulue tout entière pour cette JOIE-là envers et malgré tout. Dans ce MERCI où tout est dit, désormais, de ma vie, je vous inclus bien sûr, amis d'hier et d'aujourd'hui [...] ! Et toi aussi, l'ami de la dernière minute, qui n'auras pas su ce que tu faisais. Oui, pour toi aussi je le veux ce MERCI et cet "À DIEU" envisagé de toi. Et qu'il nous soit donné de nous retrouver, larrons heureux, en paradis, s'il plaît à Dieu, notre Père à tous deux. AMEN ! Inch Allah. »

Rien n'a vieilli dans ce texte. En ces temps de guerre partisane où les petits profits de notoriété comptent plus que le souci de la raison et du bien commun, il nous fournit un contrepoint lumineux. J'aime le relire. La trace d'esprits comme celui du père Christian de Chergé n'a pas pu disparaître, elle reste présente à celles et ceux qui veulent retrouver la force de l'optimisme.

En me rendant en Algérie, j'espérais pouvoir réaliser, en marge de l'événement, une interview avec le successeur du père de Chergé. L'ordre des Trappistes dont il était membre avait décidé de maintenir sa présence dans l'abbaye de Notre-Dame de l'Atlas où avaient été enlevés les sept moines. Je n'y croyais pas mais j'en formulai la demande auprès de l'évêché d'Alger. Contre toute attente, une réponse positive arriva. J'eus donc un rendez-vous avec le nouveau responsable de la communauté, le père Jean-Claude Demestre.

Le temps passé ensemble fut court, à peine une heure, mais il fut inoubliable, dense, gai. Ses réponses sonnaient juste. Il avait cinquante-sept ans, venait d'arriver en Algérie et de prendre ses fonctions, quatre ans après l'enlèvement et le meurtre de ses frères. Il me confia n'avoir jamais imaginé s'établir dans ce pays. Lorsque la proposition lui avait été faite, il avait répondu oui sans hésitation.

Il se souvenait de sa première visite au monastère. Les affaires des moines, les livres qu'ils lisaient, le réfectoire dans lequel ils étaient en train de dîner, tout était resté en place. Le monastère était intact. Pas une vitre brisée. Pas une porte enfoncée, preuve, me dit-il, de l'amitié entre la population civile musulmane de ce village et les moines. Il accepta de reprendre Tibhirine. Le danger était encore très présent, au point qu'on lui recommanda de ne garder allumée aucune fenêtre du côté de la montagne, pour ne pas signaler sa présence aux groupes armés. Lorsque je lui demandai si la peur l'accompagnait, il répondit avec un immense sourire que lorsqu'il prenait la route, il n'avait jamais d'hésitation. Il faisait ce que des centaines de civils devaient faire pour vivre. Ce n'était rien d'extraordinaire. La foi l'habitait, la confiance aussi. Il était convaincu que la présence d'une communauté chrétienne était le témoignage le plus fort de solidarité et de fraternité à l'égard d'une population martyrisée. La présence de l'Église auprès des plus faibles était sa mission première. Être aux côtés de ceux qui souffrent remplissait son existence. Je fus marquée à vie par cet engagement inébranlable.

De ces jours passés en Algérie, je retiens d'autres figures aujourd'hui perdues de vue mais bien présentes à mon esprit. Daho Djerbal, universitaire et directeur de la revue de sciences humaines *NAQD*, intellectuel brillant, courageux, sans indulgence pour la France, pays de la colonisation et de l'abandon, sans complaisance non plus pour le pouvoir des militaires algériens qui conduisaient le pays à sa ruine en accaparant les richesses. Il me raconta la pauvreté de son enfance, ses longs moments de lecture le soir pendant toute sa scolarité, à la lueur d'une malheureuse chandelle qui lui avait affaibli les yeux, la citoyenneté amputée des Algériens avant l'indépendance. Il voulut me montrer des ateliers d'artisans, notamment de céramiques, me fit découvrir le musée d'Alger pour que je raconte à tous les Français que l'Algérie débordait de beautés et de savoir-faire. La gloire d'Alger rayonnait en ce mois de février, sous un lumineux soleil d'hiver. Alger la joyeuse, Alger la blanche voyait se multiplier des groupes de rap jeunes et incisifs, des grappes de femmes affairées et des petits colporteurs se bousculaient dans les rues; Alger respirait grâce aux allées et venues des ferrys en partance pour tous les ports de la Méditerranée.

En acceptant de s'exprimer en public sur un média français, Daho prenait des risques mais il ne flancha pas. J'avais choisi de placer son intervention en fin d'émission, comme un manifeste qui resterait dans les esprits. C'était important pour moi que sa voix critique puisse clore ce moment. Il m'en voulut beaucoup de ne lui donner la parole qu'à la fin de cette longue session, considérant que je le traitais comme un alibi, « l'Algérien de service », me dit-il. Nous ne nous vîmes plus. Il n'est pas facile de construire une émission de plusieurs heures avec le souci des auditeurs sans blesser certains participants pour lesquels les règles radiophoniques sont inconnues. J'aurais dû le rappeler, essayer de renouer des liens, mais je m'aperçois que je n'ai jamais cherché à entretenir des liens avec ceux qui me marquaient; je les considérais comme des icônes.

D'Algérie venait un autre homme remarquable que je rencontrai alors que j'étais encore jeune reporter aux matinales de France Culture au début des années 1980. Cet homme s'appelait Pierre Rabhi. Confié par son père à un Français pour qu'il ait un avenir, ouvrier spécialisé chez Renault où il rencontra sa femme Michelle, il lui proposa de quitter l'usine et la région parisienne pour que leur vie ressemble à une vraie vie, loin des cadences et des transports interminables. Michelle le suivit en Ardèche. Ils y trouvèrent une ruine dans le hameau de Montchamp à Lablachère, en pleine solitude. Il y retrouva la beauté minérale du pays de son enfance, ses nuits pleines d'étoiles; mais les débuts furent difficiles.

Lorsque je rencontrai Pierre Rabhi pour les besoins de l'émission, Michelle et lui avaient déjà leurs trois enfants, Vianney, Sophie, et Gabriel à peine âgé de cinq ans. Dans cette vallée caillouteuse et rocheuse, il n'y avait pas d'électricité, l'eau était à la pompe et la sobriété maximale. Pierre cherchait comment faire pousser des légumes dans le sol aride de son tout petit domaine. Il faisait des expérimentations qui lui servirent lors de ses missions en Afrique, dans des pays aux mêmes conditions de sécheresse. L'argent dont il disposait venait de la fabrication de fromages de chèvre qu'il écoulait chez Fauchon... Les produits confectionnés dans le respect de l'environnement et du rythme de la nature avaient un coût rédhibitoire pour les familles modestes.

Pierre était conscient du non-alignement de ses objectifs mais il se considérait comme un pionnier d'une autre agriculture et d'un autre mode de vie auquel il consacra bien plus tard un livre, *Vers la Sobriété heureuse*, qui fit un tabac. Jamais il ne changea sa façon de vivre. Il consacra sa vie à adoucir le monde et à l'éveiller au partage.

À l'époque de mon reportage, dans les années 1980, il était absolument inconnu. Je passai quarante-huit heures avec lui et sa famille, logeant quasiment sous une tente à côté de leur petite maison. Je les regardai vivre, j'écoutai et enregistrai Pierre m'expliquant sa façon de travailler, avec sa voix si singulière. Il avait une silhouette de berger. Il était petit, maigre, pieds nus dans ses sandales, hiver comme été. Il avait déjà rencontré René Dumont, le premier inspirateur du mouvement écologiste, et serait bientôt appelé partout en Afrique subsaharienne.

J'étais admirative et fascinée. Leur dénuement était total mais assumé. Pas une plainte, pas une récrimination. Tout était rationné et calculé. Cette pauvreté avait un sens, ils l'avaient choisie même s'ils espéraient qu'elle finirait par se transformer en un mode de vie responsable et durable, qui avait disparu de nos usages.

Je suis bien incapable de retracer les étapes de l'incroyable notoriété acquise par Pierre. Je vis son fils aîné Vianney, lorsqu'il vint faire ses études à Paris. À chaque occasion, notamment dans les studios parisiens de Radio France ou au Festival du Vent de Calvi, nous nous retrouvions avec une vraie affection, celle d'une famille qui se voit peu mais qui s'aime et se respecte profondément. Pierre lui aussi est décédé mais sa conviction que l'homme pouvait rendre le monde meilleur est intacte chez ceux qui ont eu la chance de le rencontrer.

Ces trois figures, Francis Bueb, le père Demestre et Pierre Rabhi, ont surgi dans ma vie grâce à cette vie de reporter sur le terrain que j'ai tellement aimée. Dans des genres bien différents, Vincent Lindon et Agnès Varda ont été aussi pour moi des figures solaires et inspirantes.

La première fois que j'ai adressé la parole à Vincent, c'est en venant le saluer quelques minutes avant une soirée qui lui était consacrée en direct, sous forme de carte blanche sur France Inter. L'idée était de Pascale Clark. Dès mon arrivée dans le studio, j'ai été impressionnée par l'anxiété du personnage. Avant de démarrer ce marathon, et malgré la présence de la professionnelle qu'était Pascale, il était inquiet de tout. La façon dont la lampe d'ambiance était posée sur la table du studio, l'accueil des invités, le positionnement des musiciens... Très vite il a lâché prise et s'est abandonné aux emportements et enthousiasmes qui l'habitent, intarissable, drôle, généreux, et souvent de mauvaise foi.

À l'issue de ces cinq heures d'antenne, il me demanda s'il pouvait avoir une autre carte blanche ; il n'avait pas pu dire tout ce qu'il avait à dire ! J'avais adoré ce côté enfantin. Nous avons pris l'habitude de nous retrouver régulièrement pour faire le point sur le monde en buvant du bordeaux et en dévorant des chips au poivre.

Tout y passe. Nous commençons par la programmation de France Inter et le casting des invités. Suivent ses énervements sur l'époque, les vélos, les rollers, les réseaux sociaux, la mauvaise éducation, l'humour, le milieu du cinéma, les journalistes. Puis viennent les films qui l'ont touché, les auteurs qu'il aime, Camus en tête. Je lui fais part de mes découvertes littéraires, lui apporte des livres qu'il ne lira pas et défends France Inter pied à pied. C'est un rituel que j'adore.

Vincent est une voix qui étreint. Elle sait d'instinct trouver les mots pour dire les choses de la vie, le lien interminable avec les parents, le chagrin de la perte, la peur de la solitude et de l'inutilité, l'injustice du monde. Sa sincérité fait de lui un frère, un ami qui console, qui fait rire, qui émeut, qui exagère, qui fait mouche. Il dit toujours ne pas savoir quoi faire de lui-même. Il incarne pourtant tellement de valeurs essentielles, la foi irréductible dans la prescience des artistes, le pouvoir émancipateur de la culture, le souci qu'il faut avoir des plus faibles, l'attention qu'il faut porter à la fragilité et à la beauté de la vie. Écouter ou discuter avec Vincent est pour moi, comme pour tant d'autres, une vraie respiration dans ce monde verrouillé par les éléments de langage, la fausseté des mots, bousculé par le tumulte des réseaux sociaux.

Et puis il y eut Agnès, Agnès Varda.

Agnès était ma voisine. Nous nous sommes souvent retrouvées rue Daguerre, elle avec sa coupe au bol blanc et violet, moi avec ma tignasse quelquefois rouge. Nous avions en commun la librairie de la rue Boulard, La Petite Lumière, et nous pouvions passer des heures à y discuter. C'est là qu'elle me parla de son dernier projet, *Visages, Villages*, avec pour la première fois un partenaire mi-producteur, mi-allié, mi-petit frère en la personne du photographe JR. Elle avait quatre-vingts ans et était enchantée à cette idée comme si c'était son premier film. Sa curiosité, son sens de l'observation des choses les plus banales de l'existence, son amour irréductible pour Jacques Demy m'ont toujours très profondément touchée. La rencontrer même par hasard me redonnait toujours de l'allant.

Lorsque son film *Cléo de 5 à 7* sortit sur les écrans, j'avais dix ans. J'étais bien loin du cercle de la Nouvelle Vague ! Je découvris le film à la Cinémathèque en arrivant à Paris. Cette plongée naturaliste dans la ville où je vivais désormais, frénétique, brutale, et son indifférence à l'égard de cette femme vulnérable, me toucha en plein cœur. Cela ne ressemblait pas au cinéma que je connaissais. Je vis la presque totalité de ses films et j'eus la chance de travailler avec elle. C'est un privilège que je mesure. Son film *Les Glaneurs et la Glaneuse* m'avait enchantée et j'avais décidé de lui consacrer l'un des numéros de l'émission que je produisais alors, *Le Vif du sujet*.

Avant de plonger avec moi dans deux heures et demie d'émission, elle voulait me connaître. Elle exigea que je vienne chez elle à plusieurs reprises et me testa sans concession.

Mon nom lui était inconnu car je ne faisais aucunement partie du cercle des critiques de cinéma et elle avait du mal à comprendre pourquoi je voulais l'inviter dans cette émission « ouverte, m'avait dit Laure en me la confiant, à toutes les altérités, les plus lointaines et les plus proches ». *Les Glaneurs et la Glaneuse* d'Agnès en étaient, indubitablement. À force de thés et de cakes partagés rue Daguerre, elle se laissa convaincre.

Il n'y avait qu'elle pour remarquer ces hommes et ces femmes qui, à l'écart de nos habitudes, ramassaient, récupéraient, grappillaient, glanaient, rassemblaient ce que notre modèle de consommation laissait au rebut. Il n'y avait qu'elle pour s'intéresser à ces marginaux que personne ne voyait, saisir la poésie de leurs gestes dans un univers robotisé. Pour repérer cette pomme de terre en forme de cœur. Pour fureter dans les coins, vagabonder, dénicher de la grâce et de la fantaisie, interroger nos façons de vivre. En écrivant ces mots, j'ai envie d'arpenter le monde avec sa confiance dans ce que la vie peut offrir de surprises à qui les attend. Sa façon de dénicher la poésie des choses m'a aidée à regarder la vie autrement.

12

Humour et politique

Jamais je n'ai subi de pressions, directes ou indirectes, pour empêcher la diffusion d'une émission ou l'accès à l'antenne de certains invités. J'ai bien essuyé la mauvaise humeur de certaines personnalités qui n'avaient pas goûté un commentaire ou une blague, mais rien de plus. En revanche, la question de l'humour a été porteuse de grandes tensions.

L'humour politique est une tradition bien ancrée à Inter et l'une de ses marques de fabrique. Son symbole le plus illustre reste aujourd'hui encore *Le Tribunal des flagrants délires*, émission produite par Claude Villers dans les années 1980 avec son emblématique procureur, Pierre Desproges.

Beaucoup de ceux qui critiquent l'humour aujourd'hui, notamment sur une antenne publique, se réclament de cette époque et du talent de Desproges. À relire certaines de ses chroniques, on se demande si ses admirateurs si zélés le connaissent vraiment. Il semble plutôt qu'ils l'instrumentalisent avec allégresse. Je cite cette chronique de mai 1981 : « La France a toujours su tendre la main à ses frères inférieurs. Après avoir mis des gants, ah ben évidemment. » Octobre 1982 : « Vous savez pourquoi l'homme aime le cheval ? Parce que le cheval ne se révolte pas quand des nains bariolés lui balancent des coups d'éperon dans le bide tous les dimanches pour enrichir des connasses emperlousées avec les primes d'allocations familiales des chômeurs. » Novembre 1982 : « Car en vérité, je vous le dis, l'inutilité fondamentale de la femelle ne fut jamais démontrée de façon aussi éclatante que par les moines cénobites et nous les secouerons tout seuls, les jougs du féminisme à poils durs qui tentent de nous faire pisser Lénine, lécher les plines, plier l'échine. »

Cynisme, humour noir, grossièreté, paradoxe, tout était bon pour caricaturer mais aussi pour prendre parti. Pierre Desproges ne faisait pas l'unanimité en son temps mais il fit de France Inter une antenne libre et irrévérencieuse.

Philippe Meyer puis Stéphane Guillon se sont aussi illustrés par des morceaux de bravoure dans l'exercice de leur chronique matinale au sein du *7/9*. Ils n'ont pas toujours su éviter les écueils du sexisme, alors tellement banal, mais certaines de leurs chroniques resteront dans les annales de l'humour radiophonique.

Les invités ciblés sont toujours des personnes publiques, bardées d'éléments de langage et dotées d'un pouvoir d'influence déterminant. L'humour politique est un petit rappel à l'ordre des puissants, parfois injuste, mais utile à la démocratie. Les auditeurs, comme beaucoup de Français, affectionnent ce contre-pouvoir qui leur ressemble. On voit d'ailleurs assez peu d'humoristes dans les régimes autoritaires…

En reprenant les rênes de France Inter en mai 2014, j'étais convaincue qu'il fallait perpétuer cette tradition de l'humour pour renouer un pacte de confiance avec les auditeurs et leur donner des gages d'indépendance. Le licenciement de Stéphane Guillon, dont Nicolas Sarkozy était la tête de Turc, avait été ravageur. Stéphane avait clamé haut et fort que son licenciement avait été obtenu par l'Élysée et ni les équipes ni les auditeurs ne s'en remettaient.

Avec Emmanuel Perreau, directeur des programmes, nous nous sommes mis dès notre arrivée à la recherche de nouveaux talents pour renouer avec l'humour politique en promettant que les chroniques ne seraient pas relues avant l'antenne, une liberté qui n'existe nulle part ailleurs. C'est une prise de risque énorme pour une direction qui a la responsabilité pénale et morale des propos tenus, mais c'est aussi la preuve que la liberté d'expression n'est pas un élément de communication mais un engagement.

Nous avons eu la chance de pouvoir compter sur une génération de jeunes humoristes, déjà dans la place, remplis d'énergie, de talent, et assez fins pour ne pas se prendre pour les autorités morales du pays. Charline Vanhoenacker, la plus emblématique, avait été repérée par Pascale Clark, qui lui confia une chronique hebdomadaire dans son magazine *Comme on nous parle*. Elle était alors journaliste et correspondante de médias belges.

Je lui proposai dès la rentrée 2014 le billet de 7 h 55 qui avait été supprimé par Philippe Val. Ce billet était symbolique, le reprogrammer était important. Je savais qu'avec Charline il y aurait de la liberté, du talent mais aussi beaucoup de scrupule, un ingrédient indispensable dans une tranche d'info.

Durant toutes ses années de présence à l'antenne, elle a déployé un humour unique, mordant et bon enfant. Un mélange de wasabi et de praline, piquant et réconfortant, le tout enrobé d'un petit accent plein de belgitude. Elle était la *girl next door* à qui on peut se confier, sur qui on peut compter, qui ne se la joue pas et ne rechigne jamais à partager une bonne bière et une bonne tranche de rire. Elle a incarné pour Inter ce qu'il y a de plus français, l'esprit frondeur, irrévérencieux et bon vivant. Léa c'était Chanel, le chic, le rêve, le *role model*, Charline c'était Nature & Découvertes. À ses côtés, il y avait des petits nouveaux, dont Alex Vizorek et Guillaume Meurice, tous deux venus du stand-up et repérés par Yann Chouquet, réalisateur de l'émission de la mi-journée *On va tous y passer*, qui avait tenté de prendre la place du *Fou du roi*, parti sur RTL.

Yann y avait constitué une bande d'humoristes qui ne demandaient qu'à s'épanouir. Ils tombaient à pic pour la rentrée de 2014 car nous avions décidé d'une petite révolution en assumant d'ajouter une deuxième émission quotidienne dédiée au divertissement à l'heure du *Radioscopie* de Jacques Chancel. Nous cherchions à tout prix à rajeunir l'audience de France Inter, à embarquer les jeunes parents qui allaient chercher leurs enfants à l'école et avaient besoin de souffler entre la journée de boulot et les tâches familiales. Quand j'écris petite révolution, je n'exagère pas. Ce choix nous a valu un grand papier dans *Télérama*, s'effrayant du possible alignement de France Inter sur RTL. *Télérama* a toujours été un miroir fidèle de la sensibilité des auditeurs traditionnels de France Inter et de l'opinion majoritaire en interne. On y prêtait toujours attention. La suite allait lever les inquiétudes. Charline, Alex et Guillaume acquirent tous les suffrages et firent pendant des années une grande partie du succès d'Inter.

Tout sonnait juste dans l'émission ; les rires, la différence des tempéraments qui ne virait jamais à la rivalité, l'ironie mordante et surtout le plaisir que les humoristes avaient à être ensemble, à s'amuser des Français, du monde et d'eux-mêmes. Ils étaient flanqués d'une série de chroniqueurs cooptés pour leur capacité à intégrer l'équipe. C'était comme une famille avec ses tics et ses jeux de rôle : André Manoukian, fou de musique, toujours en boucle sur ses mêmes récits (je suis sûre qu'il a réécrit sans s'en apercevoir plusieurs fois la même chronique), surjouant l'hypersensible ; Thomas VDB, hirsute comme au saut du lit mais tellement affûté sur le jeu politique ; Clara Dupont-Monod, la culturelle de la bande, un peu réac ; Hippolyte Girardot, pas toujours drôle mais chaleureusement attentif aux mouvements sociétaux si minuscules soient-ils ; et Frédéric Fromet, dont le succès était inversement proportionnel à la puissance de la voix. L'actualité était passée au shaker et les personnalités publiques étrillées mais sans fiel ni scandale destiné à ranimer la billetterie du spectacle de l'un ou de l'autre.

J'ai toujours soutenu la bande même si dans mon bureau il y eut quelques explications orageuses. J'avais en Charline une partenaire avec laquelle discuter lorsqu'une chronique était mal comprise par les auditeurs, parce qu'elle était maladroitement tournée (la spécialité de Frédéric Fromet). Nous n'avons pas toujours été d'accord sur le ratage d'une blague ou sur la nécessité d'expliquer ou de regretter une phrase mais ni elle ni moi ne considérions que les humoristes étaient des vaches sacrées. Si une blague était ratée, il fallait le reconnaître à l'antenne. Pas plus pas moins. En huit ans d'émissions, nous avons eu à nous expliquer auprès des auditeurs à deux ou trois reprises seulement. Cela dit bien la maîtrise des codes de l'humour par l'équipe.

La vraie bataille pour préserver l'humour politique sur la chaîne a commencé avec l'arrivée sur le marché du groupe Bolloré, déterminé à construire sa notoriété en attaquant sans relâche le service public. Par lâcheté, personne n'a voulu voir que la fin d'i-Télé et le licenciement sauvage de toutes ses équipes étaient les prémices du développement de médias d'opinion financés par des milliardaires dont l'objectif n'était pas tant la rentabilité économique que la puissance idéologique et politique. Désormais propriétaire de Vivendi, le groupe Bolloré construisit des machines de guerre dont la cible favorite était France Inter, la première radio de France, et particulièrement ses humoristes. La technique venait des États-Unis et de la chaîne Fox News. Elle consistait à houspiller sans répit un ennemi désigné et à construire sa puissance sur le dos de cet ennemi.

Il fallait faire du bruit, pratiquer l'outrance, l'indignation, ignorer le réel et désigner un adversaire. CNews mais aussi C8 s'en sont donné à cœur joie. Ils ont attiré l'attention des médias, des politiques et des décideurs et ont réussi à faire croire qu'ils fixaient l'agenda de l'actualité. La presse les y a bien aidés. Je ne conteste aucunement la légitimité de certaines critiques faites aux chaînes du service public, quelquefois donneuses de leçons ou d'un angélisme contestable, ni la liberté pour une chaîne privée de poser son regard sur le monde. Mais rien ne justifie la mauvaise foi ou la haine. Que chacun fasse son boulot, point.

Pascal Praud fut le héraut de cette indignation surjouée, mensongère et racoleuse. Sa technique était simple et répétitive : reprendre très régulièrement à l'antenne des sketchs de Charline, évacuer leur dimension humoristique et les faire passer pour des chroniques politiques au premier degré. La caisse de résonance de ses déplorations quasi hebdomadaires fut démultipliée avec l'intégration des trois médias – radio, télé, presse – au sein du groupe.

Chroniques indignées de Praud sur Europe 1, puis bandeaux sur la chaîne CNews faisant quasiment passer Charline pour un ex-membre de la bande à Baader, puis reprise en fin de semaine dans *Le JDD* ou *Le JDNews*.

Pendant huit ans de chroniques matinales, Charline a fait quelques embardées. Quoi de plus normal sur près de mille cinq cents chroniques ? À ce chiffre on mesure la performance et le travail de l'artiste qu'elle est. Il y avait aussi dans l'équipe un goût pour la performance quelquefois facile et potache qui entraîna la chaîne sur des terrains de jeux contestables. Ce fut le cas par exemple d'une petite moustache dessinée par Charline sous le nez d'Éric Zemmour sur l'une des affiches dont il avait placardé tous les murs de Paris avant même l'ouverture de la campagne officielle des présidentielles et au plus grand mépris de la loi. Charline s'acharnera à dire qu'il pouvait s'agir d'une moustache à la Charlie

Chaplin. Soit. Tout le monde comprit évidemment la référence à Hitler. Pour France Inter, la petite vidéo tournée pendant la performance de Charline et viralisée sur les réseaux sociaux à grande échelle n'était pas une bonne affaire parce que tout parallèle avec le nazisme entraînait des procès d'intention à l'infini, on le constatera de façon paroxystique avec Guillaume Meurice et sa blague sur Netanyahou, mais surtout parce qu'avec l'imminence des élections présidentielles la férocité des adversaires de la chaîne et de l'audiovisuel public redoublait et mettait sous pression toute la rédaction de France Inter même lorsque seul l'humour était en jeu. Ce tacle facile était contre-productif et renvoyait Zemmour à un statut de victime qu'il ne méritait pas.

J'étais donc assez consternée mais la réaction de Pascal Praud dans *L'Heure des Pros* traitant la blague d'antisémite sous les yeux incrédules d'Élisabeth Lévy m'a amenée à penser que de toute façon tout serait bon pour délégitimer la chaîne et lui livrer bataille. Qualifier le pied de nez de Charline d'antisémite, c'était le qualifier du pire sans aucun égard pour la vérité du concept et la réalité de ce que furent l'antisémitisme et ses conséquences atroces. La blague n'avait rien d'antisémite. Elle était politique. Mais Pascal Praud n'eut aucun état d'âme à cet égard, de même qu'il n'en eut aucun sur la blague de Guillaume. Il en rajouta même une couche en considérant qu'outre son caractère antisémite cette blague était blasphématoire car réalisée le jour de Yom Kippour, jour particulièrement sacré chez les Juifs. Élisabeth Lévy, mesurant le ridicule de l'affaire, l'arrêta net dans son délire empathique et lui rappela que l'humour juif s'attaquait lui aussi au système religieux et qu'il ne fallait pas tout mélanger.

Ce coup de patte m'enchanta et me fit penser qu'Élisabeth n'avait pas tout perdu de son intelligence malicieuse.

Cyril Hanouna ne fut pas en reste dans ses attaques et ses injures à l'égard de Charline, notamment lors de son passage sur Europe 1, ce qui ne lui porta pas chance car l'équipe de Charline allait très vite le distancer dans les sondages.

Tout mélanger, c'est la stratégie des médias de Vincent Bolloré. Dans son numéro du 20 mai dernier *Le JDNews* s'en prit une fois encore à l'audiovisuel public, notamment France 2 et France Inter. Dans son numéro totalement à charge et d'un parti pris consternant, le magazine pointa par exemple une émission de Mathieu Vidard, *La Terre au carré*, dans laquelle un militant écologiste s'inquiétait des dommages causés à l'environnement par la production intensive de comté, un fromage qu'on aime tous et dont on salue la réussite mais dont on doit pouvoir questionner le mode de production. De cette seule invitation, ignorant toutes les autres émissions, chroniques, débats organisés par la chaîne sur cette même problématique avec moult positions différentes, *Le JDNews* en conclut que France Inter était une chaîne livrée à une bande de wokes radicaux et de militants écolos fous furieux. Belle rigueur journalistique. Pendant tout le temps de ma direction, je demandais aux troupes, notamment celles de la rédaction mais aussi celles des émissions de programmes de ne pas réagir, de continuer leur chemin et de se concentrer sur leurs missions sans se laisser troubler par des voisins surexcités. Et les équipes furent d'un grand sang-froid et d'un parfait professionnalisme.

L'arrivée du groupe Bolloré a provoqué une immense fébrilité parmi les instances dirigeantes de Radio France. *A posteriori*, il est étonnant qu'une grande maison, aussi respectée, ait pu se laisser impressionner voire intimider par un adversaire qui se contente de crier fort. La stratégie de l'attaque ébranlait les esprits les plus aguerris et installait un climat d'autocritique paranoïaque dans la hiérarchie.

Sibyle Veil ne m'a jamais demandé d'intervenir sur l'humour malgré la pression de certains de ses conseillers. Mais les attaques et les critiques en interne étaient usantes, surtout lorsqu'elles s'appuyaient sur les arguments de l'adversaire. Ma seule esquive consistait à dire qu'on pouvait décider de supprimer les tranches d'humour, mais que ce serait sans moi. La discussion s'arrêtait assez vite mais elle reprenait à la première occasion. L'audiovisuel public était dans le collimateur de plusieurs forces hostiles, l'extrême droite, le groupe Bolloré mais aussi d'obscures officines politiques visiblement ulcérées de constater que ses journalistes ne soutenaient pas suffisamment le pouvoir.

Un compte Twitter, Médias Citoyens, fit ainsi savoir dans les cercles d'influence qu'il parlait au nom de Renaissance et déploya un lobbying d'enfer auprès des parlementaires, dont beaucoup étaient néophytes et crédules. Les cibles de Médias Citoyens étaient France Info et France Inter. Certaines critiques étaient pertinentes mais la plupart d'une mauvaise foi sans limites. La ligne à Radio France était de ne pas réagir, ce qui ne voulait pas dire qu'on n'y prêtait pas attention. L'ombre de Médias Citoyens planait aussi sur les réunions de direction ; le service de communication de Radio France nous abreuvait, par une boucle WhatsApp, de leurs tweets.

Soucieuse de l'image de sa maison auprès des parlementaires et des politiques, la présidente en oubliait la puissance de ses antennes. Pendant des réunions interminables, nous avons ergoté sur la légitimité de la présence d'éditorialistes dans les tranches d'info et plus encore sur celle de l'humour. Malgré les succès d'audience et les enquêtes qualitatives encourageantes, le doute s'était installé et le découragement s'emparait d'un certain nombre de directeurs d'antenne. Être à la merci de ces tirs de barrage m'a beaucoup affectée. J'avais le sentiment d'être une fauteuse de troubles alors que France Inter était leader sur le marché. À mes yeux, la seule réponse était de faire bloc pour défendre la maison.

L'année 2022, celle des élections présidentielles, a été la plus féroce. La machine Bolloré tournait à plein régime pour la candidature d'Éric Zemmour. Tout était bon pour attaquer Inter. Même les positions les plus raisonnables, comme celle de n'inviter Zemmour dans le *7/9* qu'une fois sa candidature déclarée, nous a valu des pressions auxquelles Catherine Nayl, directrice de l'information, résista de bout en bout. Quand Zemmour fut invité en tant que candidat sur Inter, il eut évidemment droit au même dispositif d'antenne que les autres candidats. La veille au soir, il avait fait huer France Inter lors d'un meeting à Lille. Chacun a gardé son sang-froid. Même la présidente, indignée par l'irresponsabilité du candidat, avait après consultation de tous les membres de sa direction décidé de ne pas réagir à chaud pour laisser la matinale se dérouler dans les meilleures conditions possibles.

La tragédie du 7 octobre 2023, lorsque des commandos terroristes du Hamas lancèrent une attaque sauvage sur des centaines de civils en Israël, allait achever définitivement ce que Bolloré avait entamé. Il suffit d'une blague énoncée au mauvais moment, instrumentalisée par l'extrême droite et assumée obstinément par son auteur, Guillaume Meurice.

Alors que la bande de Gaza était coupée du monde extérieur et qu'Israël préparait une riposte dont on pressentait la force désastreuse, Guillaume, conseillant les auditeurs en recherche de tenue pour Halloween, proposa le modèle Netanyaou, assimilé à une « sorte de nazi mais sans prépuce ».

En moins de quarante-huit heures, la blague devint une affaire d'État et France Inter fit face à l'une des pires crises de son histoire. La France était encore bouleversée par l'horreur absolue des massacres du 7 Octobre et le temps était à la compassion et la solidarité. La blague était inaudible.

Un tsunami d'indignations et de réactions se propagea à la vitesse d'un feu de brousse sur les réseaux sociaux, alimenté par CNews qui transforma la blague en bandeau de chaîne d'info. Toute la presse s'empara de l'affaire, chacun y allant de son interprétation. Des milliers de courriels hostiles à Guillaume parvinrent sur le site de la médiatrice de Radio France.

Charline, en tant que responsable de l'émission, avait immédiatement su trouver les mots pour dire sa totale compréhension de l'émotion provoquée par la blague. Elle exprima ses regrets sur son fil Twitter, mais Guillaume n'aura ni la sagesse ni la modestie d'adopter cette position. Il préféra jouer les héros sacrifiés à la cause du politiquement correct.

J'ai encore du mal à comprendre sa radicalité. Des auditeurs avaient été gravement blessés, certains diront insultés, par cette blague. Dans le service public, tous les auditeurs comptent et se valent. Guillaume devait exprimer des regrets. Il ne l'a pas fait. Il a eu tort, encouragé par une petite partie de l'équipe plus préoccupée de combat politique que du souci du service public.

Lui-même était victime d'une violence inouïe sur les réseaux sociaux, insulté, injurié et menacé de mort. Cette violence n'a sans doute pas été étrangère à sa radicalité.

La directrice de France Inter elle-même, Adèle Van Reeth, dit son malaise dans un communiqué. La présidente écrivit à l'ensemble du personnel une lettre dans laquelle elle en appelait à la responsabilité et au discernement de chacun dans cette période tragique. Elle exprimait aussi ses regrets et sa solidarité envers les auditeurs et auditrices blessés par la blague. Mais rien n'y fit. La meute était lâchée et le traumatisme trop grand.

Des hommes politiques se lancèrent dans la course à la surenchère. Xavier Bertrand réclama sur l'antenne de France Inter le licenciement de Guillaume Meurice, qualifiant sa blague d'antisémite, et le président du Sénat, Gérard Larcher, lui emboîtant le pas, fit une déclaration solennelle au micro de Léa et Nicolas pour dire que l'antisémitisme n'avait pas sa place dans l'audiovisuel public. On était vraiment chez les fous. Le monde était plongé dans l'effroi de cet acte barbare et des hommes d'État enfourchaient les chevaux de bataille de l'extrême droite par calcul électoral. Tristesse. Quelques semaines plus tard, Guillaume choisit la surenchère en répétant la blague à l'antenne, comme un ultime bras d'honneur à cette maison qui avait pourtant fait sa réputation et sa carrière. Nous n'avions plus d'autre choix que de nous séparer de lui.

Cette affaire fut douloureuse. Je n'étais plus directrice de la chaîne mais je me sentais responsable de l'avenir de l'équipe qui avait tant donné à Inter. Je savais par ailleurs que la radio publique jouait gros dans cette affaire. Elle devait concilier la liberté d'expression totale des humoristes tout en tenant compte des réactions et des sensibilités de ses auditeurs.

Beaucoup de commentateurs et de gens du métier m'ont dit qu'on s'était affreusement mal débrouillés en matière de communication et que l'on aurait dû attendre, faire profil bas et renvoyer Guillaume au cœur de l'été sans que cela émeuve quiconque. Ces stratégies dilatoires me dégoûtent. Quitte à se faire incendier, autant le faire à visage découvert.

D'autres m'ont dit que notre souci de protéger l'entreprise n'était pas audible et qu'il aurait fallu congédier immédiatement Guillaume. À ceux-là je répondis que seule la justice est légitime à qualifier une blague d'antisémite. J'ai toujours défendu l'idée que les seules bornes à l'humour étaient celles du droit. En revanche, Radio France était en droit d'attendre de la part de Guillaume un geste qu'il a refusé de faire. C'est ce défaut de loyauté après des semaines de patience qui a provoqué son licenciement. Beaucoup ont voulu faire de cette affaire un emblème de la censure mais à aucun moment la liberté d'expression des humoristes n'a été menacée.

Je n'ai pas su protéger l'équipe de cette pente fatale que le succès fait parfois emprunter aux humoristes politiques. Seuls de vieux sages comme François Morel savent tenir leur ligne mais cela demande une grande force de caractère. Dans cette course d'endurance qu'est la chronique humoristique quotidienne, le plus difficile est de réussir à garder la bonne distance, ne pas se laisser déborder par une émotion trop personnelle, l'envie de donner des leçons de morale et d'endosser le costume de l'acteur plutôt que de l'observateur de la vie de la cité. Le succès n'est pas toujours un allié dans cette épreuve de modestie.

Dans un monde à ce point polarisé qu'on ne peut plus affirmer se soucier des habitants de Gaza comme de la sécurité d'Israël, dans un monde où des médias se livrent à de la propagande en attisant les communautarismes, munis de moyens que l'État ne pourra bientôt plus concurrencer, dans un monde où l'envie mauvaise de dézinguer joue à plein sur les réseaux sociaux, y a-t-il une place, encore, pour l'humour politique ?

Pour ma part, je suis convaincue qu'il est crucial pour le bon fonctionnement des démocraties et pour chaque individu. C'est à la fois un contre-pouvoir aux puissances de tout bord et un levier puissant pour reprendre la main sur une actualité qui nous brutalise de plus en plus. J'en veux pour preuve le tweet de Delphine Horvilleur dans lequel elle disait le dégoût que lui inspirait la blague de Guillaume, mais qui s'achevait par un trait d'humour réjouissant, de ceux qui ont permis à tant de Juifs plongés dans la tragédie d'y résister tête haute : « Prépuce ou pas : moi je serais plutôt en faveur de circoncire le temps d'antenne de Guillaume Meurice. (Et le mandat de Netanyahu aussi, mais c'est une autre histoire.) Ah si seulement les Juifs contrôlaient les médias ! »

13

L'audiovisuel public a-t-il encore un avenir ?

Lorsque Rachida Dati, alors ministre de la Culture, m'a proposé au printemps 2025 de réaliser une mission consacrée à la réorganisation de l'audiovisuel public autour d'une holding, je n'ai pas hésité un instant. L'intitulé n'était pas glamour mais la mission me donnait l'occasion d'approfondir une réflexion que j'avais menée pendant mes deux dernières années à Radio France.

Après avoir quitté la direction de France Inter en 2022, j'avais accepté de rester aux côtés de Sibyle Veil dans un poste plus stratégique, celui de directrice des antennes, et ces deux années m'avaient fait complètement changer de perspective. Le nez collé à la vitre de France Inter et au maintien de ses performances, je n'avais pas réalisé la vitesse à laquelle se transformaient nos façons de consommer les infos, les émissions, les magazines, les documentaires ou les fictions. Moi qui avais toujours été viscéralement convaincue que la qualité de l'offre gagnerait envers et contre tout, qui répétais qu'il fallait faire confiance à l'intelligence des citoyens, je mesurais que la technologie était en train de gagner la partie et qu'une concentration capitalistique d'une force inconnue se préparait à balayer notre écosystème médiatique. Il fallait à tout prix accélérer la transformation des deux grandes maisons de l'audiovisuel public, Radio France et France TV, bien trop timides dans l'évolution des métiers, et infléchir les ressources vers le numérique. Il fallait aussi les encourager à renoncer au poison de la méfiance et associer leurs forces pour peser de manière décisive dans ce nouveau monde.

J'ai acquis durant ces deux années la conviction profonde que les sociétés de l'audiovisuel public n'auraient pas les moyens de rester des acteurs décisifs dans le débat public face aux chaînes d'opinion et aux campagnes de désinformation sans une stratégie commune, défendue par un seul et même patron à l'abri d'une même maison. Ce travail en chambre fut stimulant mais les deux maisons n'étaient pas prêtes à s'allier.

J'ai en effet vite compris, dans ce nouveau poste, que les présidentes souhaitaient garder leur pré carré et que les salariés se considéraient comme des ennemis. Radio France et France TV n'avaient aucune intention de marcher d'un même pas, aucune collaboration sérieuse et pérenne ne pouvait se mettre en place malgré des amitiés et des estimes réciproques, comme celle que je pouvais entretenir avec le directeur de l'antenne et des programmes de France TV, Stéphane Sitbon-Gomez.

Les arguments pour ne rien engager en commun étaient toujours les mêmes : on ne fait pas le même métier; le petit, à savoir la radio, sera toujours dévoré par le gros; qu'on nous donne plus de moyens. Tout était bon pour ne rien faire ensemble, comme si l'ennemi de l'audiovisuel public était l'audiovisuel public lui-même.

J'en pris mon parti et me consacrai à l'urgence de la transformation numérique de Radio France.

Pendant ces deux années, j'ai changé de costume et suis devenue la VRP de la transformation devant les directeurs de chaînes, les représentants du personnel, les cadres de l'entreprise. Il fallait absolument de nouveaux métiers, de nouveaux savoir-faire, de nouvelles ressources pour distribuer les contenus sur l'espace numérique. Il fallait susciter du désir pour ces métiers et démontrer qu'ils étaient créatifs, car la créativité est le ressort de Radio France. Il fallait offrir des perspectives de formation et d'évolution aux équipes de la radio.

Les organisations syndicales recevaient tous ces discours de transformation dans un silence poli, mais sans plus. Les directeurs étaient attentifs et curieux mais demandaient toujours davantage de moyens. Les cadres, dont le métier est difficile dans une maison si réfractaire à l'autorité, ne pouvaient même pas imaginer ajouter cette ambition à celle de simplement faire tourner la machine. La présidente était hésitante et surtout soucieuse de préserver la paix dans sa maison, donc le statu quo. De guerre lasse, après deux ans passionnants mais frustrants, j'ai décidé de lâcher prise et de commencer une nouvelle vie.

Ces moments passés à découvrir une autre facette du métier m'ont pourtant intellectuellement passionnée. J'assistai à toutes les réunions organisées par la directrice du développement de Radio France, Cécilia Ragueneau, une ancienne de Canal, sur l'évolution des usages. Je découvris l'éparpillement des Français dans leurs modes de consommation des médias : les jeunes arpentent allègrement les réseaux sociaux et scrollent à mort. Le public plus populaire regarde les jeux à la télé et se rassemble sur Facebook. Il a perdu le goût de l'information et la curiosité pour un monde trop incertain et anxiogène. Les accros du digital sont irrémédiablement perdus pour la radio dont ils jugent les moments filmés ringards. Seule nous reste vraiment fidèle la population dite des informés, un public un peu âgé, satisfait de ses conditions de vie, confiant dans les médias traditionnels et dans l'avenir.

Aujourd'hui, la radio et la télévision avec lesquelles nous avons grandi et vécu sont concurrencées par des plateformes numériques innombrables et puissantes, Google, YouTube, TikTok, Netflix et tant d'autres. C'est là que de plus en plus de citoyens vont chercher de quoi s'informer et se distraire. Une révolution silencieuse s'est opérée à notre insu avec pour armes nos téléphones portables, nos ordinateurs et nos tablettes. Elle est irréversible et peut s'avérer fatale pour les médias traditionnels. Les grand-messes du 20 heures, si ancrées soient-elles, ne rassemblent plus la nation.

Dans cette bataille face à de nouveaux concurrents dotés de ressources considérables, les médias publics ont des atouts formidables, la force incomparable de leurs contenus, leur incroyable éclectisme et la passion de leurs salariés pour leur mission. Mais il leur faut accélérer et amplifier leur transformation numérique. Cela veut dire développer massivement des métiers dédiés à la création et à la distribution de contenus destinés aux plateformes et consacrer une part majoritaire de leurs budgets à cette stratégie. Cet effort massif de rééquilibrage des ressources en faveur du numérique ne réussira que si les objectifs de toutes les entreprises, notamment les plus puissantes d'entre elles, Radio France et France TV, sont en ligne avec cette politique de transformation et s'accordent pour y aller d'un même pas.

Lorsque Rachida Dati, en me confiant une mission d'accompagnement, me fit part de son désir de relancer le projet d'une holding auquel tant de politiques avaient dû renoncer, j'y vis la possibilité de poursuivre ce travail de prospective et de conviction commencé au sein de Radio France.

J'imaginais au début que les objectifs de cette mission étaient avant tout pédagogiques. Il fallait expliciter les enjeux de la transformation de l'audiovisuel public et répéter que la holding n'était qu'un cadre destiné à favoriser la convergence des différentes entités et accélérer la transformation des entreprises grâce à une équipe unique. Mais j'ai rapidement mesuré combien l'évolution des usages était encore peu comprise, combien l'antagonisme entre gens de radio et de télé était puissant, combien la suspicion politique l'emportait sur tout, avec plus ou moins de bonne foi.

La mission devait accompagner le vote d'un projet de loi. Elle dura trois mois. Je fus aidée avec beaucoup d'enthousiasme par deux jeunes *bodyguards* formidables, Reda Wadjinny-Green, conseiller d'État, et Thomas Cargill, inspecteur des Finances, impeccables serviteurs de l'État et camarades pleins d'humour. Ce ne fut pas inutile tant la tension déclenchée par le projet fut vive.

Beaucoup m'avaient conseillé de ne pas y aller. Certains considéraient que la démarche de la ministre était insincère et servait sa candidature à la mairie de Paris. Elle ne verrait dans le vote de ce projet de loi attendu depuis dix ans qu'un trophée destiné à l'installer plus encore dans une position d'efficacité et d'autorité. D'autres me rappelèrent que l'inconstance de l'État à l'égard de l'audiovisuel public, la suppression de la redevance, les coups de rabot incessants sur les budgets, les freins aux stratégies de moyen terme, tout cela n'augurait rien de bon. D'autres enfin me dirent que ce projet de loi faciliterait les objectifs du Rassemblement national, funestes pour l'audiovisuel public, s'il arrivait au pouvoir.

J'entendis tout cela. Je sais que beaucoup d'amis proches qui connaissaient le milieu politique se firent du souci pour moi. Et pourtant j'y allai sans hésitation, habitée par cette conviction que sans l'audiovisuel public, l'existence d'une démocratie forte, vivante et équilibrée serait gravement menacée et qu'il fallait, même si je devais le payer cher, énoncer publiquement un certain nombre de vérités. Ma façon de contribuer à son avenir était la sincérité.

Depuis l'élection de Donald Trump à la présidence des États-Unis, j'ai en tête la prophétie crépusculaire énoncée dans la matinale de France Inter dès le lendemain des résultats du vote par Raoul Peck, grand documentariste américain : « On peut dire après cette élection que l'outrance a payé, les insultes ont payé, l'ignorance a payé et dans un monde où la science n'a plus rien à dire, où les politiques sont discrédités, le mot même de démocratie n'a plus de sens. Démocratie, ça veut dire que des citoyens éduqués et formés prennent part à la vie de leur cité. »

Éduquer et former, nous dit Raoul Peck, c'est le seul champ d'action possible pour lutter contre les passions tristes et les bobards. C'est la mission des médias publics. Elle est décisive mais ne pourra s'opérer qu'avec une révolution technologique et mentale.

Avec Thomas et Reda, nous avons auditionné beaucoup de monde. Nous avons surtout réfléchi à donner une physionomie à ce qui restait abstrait pour beaucoup de gens. « La holding, c'est encore un grand machin imaginé par un cerveau de technocrate », était le commentaire le plus fréquent auquel nous nous sommes heurtés. Il fallait expliquer sans cesse la légitimité et l'utilité d'une réorganisation du secteur. Stratégie commune, maison commune, fléchage des budgets d'investissements en synergie pour avoir des offres de programmes en affinité avec tous les publics.

Seul le cadre de la holding peut fabriquer une dynamique commune et des convergences avec à sa tête un seul PDG en capacité de décider et d'arbitrer.

C'était notre mantra.

Notre projet était construit autour de cinq directeurs généraux, tous professionnels du secteur, chacun à la tête d'une filiale articulée autour d'une proposition éditoriale : l'info, la proximité, l'audio, la vidéo, les archives avec l'INA. Cinq propositions éditoriales structurées autour de plateformes numériques déjà existantes et solides.

La nécessité absolue d'avoir une information suffisamment puissante pour servir de contre-pouvoir aux campagnes de désinformation et de déstabilisation impose à l'évidence un rassemblement de la radio, de la télé et du numérique. C'est une condition indispensable pour élargir la capacité d'influence de l'information de service public. De même, l'alliance des forces des deux maisons en vue de construire une offre de proximité en affinité avec des populations méfiantes de tout ce qui vient de Paris, des notables ou des institutions, est un passage obligé pour fabriquer un réseau capable de toucher chacun des citoyens de ce pays, où qu'il vive et quel qu'il soit.

Nous avons délibérément dessiné très concrètement les contours de la holding comme des architectes peuvent le faire pour incarner un bâtiment, mais nous n'avons pas dit assez fort que cette proposition n'avait qu'une valeur d'illustration et d'exemple et ne liait aucunement les candidats au poste de PDG dans leurs programmes.

Il a été vécu par les deux maisons comme un démembrement.

Je savais l'hostilité de la Maison de la radio à la holding et je pressentais qu'elle allait encaisser un gros choc redoublé du fait que j'en sois l'auteure. Je n'en avais pas mesuré l'ampleur. À la parution du rapport, le 16 juin, un déferlement de réactions plus violentes les unes que les autres, venues des salariés de Radio France, a électrisé la radio. Des tracts appelant à la grève et à la résistance se sont succédé à un rythme d'enfer. Le plus difficile à avaler pour moi fut le tract du Syndicat national des journalistes intitulé « Laurence Bloch se renie et nous trahit », qui m'a littéralement pulvérisée pendant vingt-quatre heures. Heureusement, il associait mon prénom au nom d'un ministre de sinistre mémoire pour la liberté de la presse, Alain Peyrefitte, me renommant Laurence Peyrefitte, ce qui au moins me fit rire.

Tous les tracts associaient mon nom au mot trahison.

Difficile à vivre.

J'avais jeté un pavé dans la mare et il me revenait en boomerang en pleine tête. C'était le jeu et il fallait en prendre mon parti. La violence des coups était proportionnelle à l'affection qui nous avait liés. L'affection et l'estime que j'ai pour cette maison sont restées et resteront envers et contre tout absolument intactes.

Je n'avais pas anticipé non plus que tout débat sur le fond serait impossible. Seule la presse écrite s'en fit le relais. Les maisons concernées ignorèrent le sujet sur leurs antennes, ce qui pose tout de même une question majeure. On peut être contre une réforme mais lorsqu'elle est portée par des parlementaires, représentants du peuple, il n'est pas inconvenant d'espérer du débat plutôt que des fermetures d'antenne.

Sans doute a-t-il manqué du temps pour faire la pédagogie du projet. Sans doute ma présence comme auteure du rapport a-t-elle encombré les échanges d'une charge affective inutile et contre-productive, mais à aucun moment je n'ai regretté d'avoir choisi de porter mes convictions quoi qu'il m'en coûte. Il me semble que c'est l'une des choses essentielles dans une vie, être fidèle à ses convictions, quitte à perdre l'affection des siens.

Après un premier examen à l'Assemblée nationale en avril, le projet de loi fut évacué faute de temps pour l'examiner tant les amendements déposés par la gauche étaient nombreux. Le projet fut de nouveau inscrit à l'agenda parlementaire pour les journées du 30 juin et du 1er juillet.

Le 30 juin, au bout de quelques heures, le projet de loi fut évacué de nouveau de la séance parlementaire par l'association des votes de la gauche et du Rassemblement national autour d'une motion de rejet. Cette improbable alliance a marché. Fruit du hasard ou d'un coup politique imaginé pour faire avancer le texte, la question demeure. Cette alliance permettra en tout cas au texte de repartir rapidement au Sénat et d'y être adopté avant un nouvel examen en septembre à l'Assemblée. Personne ne peut dire au moment où j'achève ce livre si ce texte sera finalement adopté.

J'aurai en tout cas fait l'expérience, même petitement, des arcanes de la vie politique. Lors de cette mission, j'ai découvert le jeu parlementaire, et mesuré que faire passer un texte comme celui-ci devant le Parlement, alors qu'il avait été repoussé des dizaines de fois les années précédentes face à l'hostilité des salariés, demandait un sens politique assez proche de l'art de la guerre. Il ne fallait pas le révéler trop tôt avant son passage à l'Assemblée, sinon ses opposants joueraient des coudes pour raconter n'importe quoi. C'est ce qui arriva.

Le texte fut en effet manipulé, tronqué et ridiculisé par certains journalistes qui découvraient le sujet et péroraient sur l'intérêt ou non de la réforme alors que le vrai enjeu, celui de la révolution en cours des usages des médias, leur était étranger.

Certaines forces politiques, en l'occurrence celles de gauche, ne jugeaient pas sur le fond mais avec un prisme exclusivement politicien. Rachida Dati, qui portait ce texte, était candidate à la mairie de Paris et l'un de ses opposants, Emmanuel Grégoire, avec qui j'eus des échanges pourtant très intéressants, était le président du groupe socialiste à l'Assemblée nationale. Il n'entendait évidemment pas mettre au crédit de son ennemie cette victoire. Mais quelle déception de voir la gauche pratiquer une politique systématique d'obstruction sans aucun débat sur le fond, alors que la défense du service public et de l'audiovisuel public est sa matrice politique et idéologique ! Comment comprendre son opposition au rassemblement des forces de tout ce secteur pour constituer un vrai contre-pouvoir à la concentration du privé ?

L'énigme pour moi reste celle du président Macron. Dès le début de son quinquennat, on lui a prêté cette phrase malheureuse : « L'audiovisuel public, c'est la honte de la République. » A-t-elle été relayée par ses ennemis ou la fuite a-t-elle été orchestrée par ses amis pour bien marquer sa position ? Lui-même n'a accepté de prendre la parole sur France Inter, première chaîne de radio en France, qu'à quatre reprises en huit ans, les veilles des premiers tours et des deuxièmes tours des élections présidentielles, donnant le sentiment d'un choix de pure opportunité. Pourtant, lors de ces visites, il ne boudait pas son plaisir et restait partager un grand petit déjeuner avec les équipes des éditorialistes et des journalistes, généreux de son temps et de sa parole. Alors pourquoi tant de distance le reste du temps ?

Ses mandats ont évidemment manqué d'une parole forte sur la nécessité vitale d'un audiovisuel public solide capable d'arrimer la société à des repères incontestables. Cette absence d'expression publique a énormément pesé sur la sincérité du projet de la holding. La suppression de la redevance avait déjà convaincu les plus méfiants que le véritable dessein du gouvernement était de faire disparaître à terme les médias publics jugés trop coûteux et trop critiques.

Le rapport que nous avons rendu à la ministre n'entre pas dans le détail des dossiers à traiter une fois la loi votée et la réorganisation entamée. Ce n'était pas l'objet de cette mission très courte, mais une partie de son rejet s'est fondée sur l'enkystement de situations mal gérées depuis des années plutôt que sur le projet lui-même. En discutant avec des amis fidèles à Radio France, je découvris l'épuisement d'une certaine catégorie de personnels, les programmatrices, qui travaillent d'arrache-pied pour apporter la matière intellectuelle de toutes les émissions, magazines, séries, documentaires, et font, avec les producteurs et les journalistes, le succès des émissions. Ce sont surtout des femmes. Elles ne sont pas à l'affiche mais leur apport est décisif. Leur sort n'a jamais été sérieusement pris en compte par les syndicats, bien plus occupés par le personnel masculin, je veux parler des techniciens, que par ces femmes. Lorsqu'elles entendent collaboration avec la télévision, elles imaginent à raison les bénéfices faits par des boîtes de production privées sur leur travail, pour lequel elles ne touchent jamais un centime supplémentaire. Pour connaître la rigueur et l'intensité de leur travail, je ne peux que partager leur amertume ; elles gagnent 2 000 euros par mois et se défoncent pour chacune des productions qui leur sont confiées.

J'ai bien conscience que ces ressentis nourrissent l'opposition à un texte que je considérais comme raisonnable. Il est indispensable de relever ces irritants, comme on dit en langage RH. Des leviers pour une meilleure reconnaissance de l'apport des différents métiers sont pourtant possibles, grâce à des coproductions avec la télévision ; c'est même l'un des moyens les plus puissants pour emmener les salariés de Radio France dans cette aventure.

Durant cette mission, j'ai beaucoup admiré l'énergie et la détermination de la ministre Rachida Dati, mais elle s'est lourdement trompée lors de sa venue au micro de France Inter le 7 mai 2025, en taclant la chaîne, ses salariés et ses auditeurs, les comparant à un club de nantis. C'est tout le contraire.

Ils viennent dans leur immense majorité de milieux plutôt populaires et les auditeurs sont en général des professeurs, pas des dirigeants du CAC 40. C'est tout sauf un club de nantis mais bien plutôt un club de gens de bonne volonté qui ont acquis grâce au service public un patrimoine culturel et intellectuel et lui en sont indéfectiblement reconnaissants.

La pique de la ministre était inutile et contre-productive, alors qu'il fallait emmener les salariés vers un projet ambitieux. Je reconnais aussi volontiers, à la décharge de la ministre, que l'opposition systématique, par méconnaissance du projet ou pour des raisons bien éloignées du fond, peut aussi faire perdre ses nerfs au plus aguerri des politiques.

Cette mission sur la holding a été passionnante. Elle a été trop courte pour établir un vrai dialogue avec les partenaires sociaux ainsi qu'avec celles et ceux qui, de bonne foi, cherchent à comprendre et sont sincèrement attachés aux valeurs du service public. Pour moi, le travail de conviction et d'explicitation se poursuit. Ce livre y contribue et m'autorise une fois encore à témoigner de l'ardente nécessité de l'audiovisuel public qui incarne à mes yeux les valeurs de la République, liberté, égalité, fraternité, des valeurs qui ont permis aux gens de ma famille, mes arrière-grands-parents, mes grands-parents et parents de connaître une ascension sociale, culturelle et intellectuelle qu'ailleurs dans le monde ils n'auraient sans doute pas connue.

L'audiovisuel public, c'est la chance offerte à tous d'avoir accès au patrimoine culturel qui fait de nous une nation. Nous sommes les héritiers d'une histoire politique, intellectuelle, scientifique et artistique. Encore faut-il pour que cet héritage soit partagé qu'il trouve des lieux de diffusion et le service public audiovisuel en est l'un des plus puissants.

Innombrables sont les émissions consacrées à l'histoire, aux grandes figures littéraires, aux mouvements des idées. Les adaptations des grandes œuvres du patrimoine par la télévision publique, de *Madame Bovary* aux *Particules élémentaires*, ou les podcasts historiques de Philippe Collin produits pour la radio en sont des preuves éclatantes et n'existent nulle part ailleurs. Il n'y a pas plus pédagogique, plus vivant, plus intelligent que les séries historiques de Philippe, minutieusement documentées, dans lesquelles s'expriment les meilleurs historiens aidés par les meilleures armes de la radio, les archives et les ambiances sonores. Tous les établissements scolaires devraient s'en emparer.

Uniques sont les émissions de philosophie de France Culture qui déroulent tous les jours l'histoire de la pensée d'une manière vivante et contemporaine ou les instantanés des *Pieds sur terre* qui captent inlassablement depuis plus de vingt ans les tours et contours de la société française en recueillant et travaillant les diamants bruts de la parole des anonymes.

Et qui peut se prévaloir de la richesse unique des *Nuits* de France Culture qui plongent l'auditeur dans les archives de la chaîne et le mettent en contact intime avec les voix des plus grands intellectuels et artistes du XXe siècle.

Le rôle premier de l'audiovisuel public consiste donc à offrir à chaque citoyen les moyens de son émancipation en lui donnant accès à toutes les formes de la connaissance et à toute la mémoire du monde. Il offre aussi à des milliers de Français éloignés des grandes métropoles, ou aux revenus très modestes, l'occasion de profiter d'exceptionnelles productions artistiques, concerts ou spectacles vivants. C'est aussi la proposition faite aux enfants et même aux tout-petits d'accéder à des formats d'écoute faits pour eux, écrits par les meilleurs auteurs et protégés des écrans dont la malfaisance est de mieux en mieux documentée.

La spécificité de l'offre des médias publics, c'est aussi la mise en perspective raisonnée et plurielle de l'actualité qui permet à chaque citoyen de se sentir plus solide pour circuler dans le maquis des discours, des références historiques, des schémas économiques, et de trouver son propre chemin dans un monde bousculé.

C'est un lieu sûr pour se frayer un chemin dans une actualité manipulée par des millions de canaux d'information. Le métier de journaliste, faillible comme toute entreprise humaine, est encadré par un code déontologique structuré. C'est un métier dont ne peut pas se glorifier n'importe qui au prétexte d'avoir un micro. Il nécessite un cursus universitaire solide, reprofilé régulièrement par une commission composée de professionnels.

À Radio France comme à France TV, seuls opèrent des journalistes, qu'ils soient présentateurs, spécialistes ou reporters. Ils ont tous une carte professionnelle et ont suivi une formation *ad hoc*. Cela n'empêche pas les erreurs d'appréciation ou les défaillances d'interprétation, mais il ne s'agit jamais des délires idéologiques dévidés à longueur d'antenne par des spécialistes de tout et de rien. La rigueur appartient aux journalistes, non à la distinction institutionnelle public/privé. Mais on a pu constater dans les années récentes que l'argent associé à l'idéologie obligeait les équipes de certains médias à s'éloigner des standards de l'information pour servir les exigences de leurs actionnaires. La primauté de la raison sur l'émotion en est gravement entamée.

L'audiovisuel public est enfin l'un des derniers lieux où la conversation, le dialogue, le débat sont encore possibles sans hystérie, sans pitrerie. Même l'Assemblée nationale ne parvient plus à incarner une démocratie solide et se livre à des surenchères ou des scènes de vaudeville.

L'essence de la démocratie, c'est la civilité, le débat et le respect.

Critiquer l'audiovisuel public est en France un sport national. Il serait trop cher, trop partisan, snob, conventionnel. Jamais comme il faut et jamais où il faut. Malgré cela, l'audiovisuel public reste au cœur de la planète médiatique grâce à ses audiences. Oui le monde est bouleversé, oui la planète est menacée, oui la société est divisée. Mais il reste un lieu accessible à tous, habité par le souci du réel, de la raison et de l'information.

J'aime toujours citer avec plaisir la formule de Jean Vilar lorsqu'il prit la tête du Théâtre national populaire : « Le TNP, disait-il, est au premier chef un service public tout comme le gaz, l'eau, l'électricité. » On pourrait dire exactement la même chose de l'audiovisuel public. Comme l'école, il est un des instruments les plus puissants de la promesse d'égalité. Lorsque les chances ne sont pas les mêmes à la naissance, l'école puis les médias publics compensent en offrant à chacun les mêmes chances de succès et d'épanouissement personnel. Chaque parent, chaque famille attend de l'école qu'elle donne à ses enfants et petits-enfants un bagage solide pour avancer et être heureux dans un monde instable. L'audiovisuel public poursuit la même ambition de rendre l'audiovisuel public, fût-il imparfait, l'existence même des artistes serait gravement menacée. Si la voix de l'audiovisuel public s'affaiblissait voire s'éteignait, ce pays ne serait plus le même. Ce serait aussi grave que de fermer les bibliothèques ou les musées, abolir le prix unique du livre ou cesser d'aider le cinéma d'auteur. Ce serait renoncer à l'exception culturelle que tant de citoyens nous envient à travers le monde.

Oui, l'audiovisuel public a un bel avenir si toutes les forces démocrates, loin des querelles politiciennes, s'unissent autour de lui face à des forces hostiles, politiques et économiques, qui prennent la main sur les discours publics, augmentent leur zone d'influence, contestent les équilibres institutionnels, confondent information et opinion, et si l'État, une fois pour toutes, accepte de jouer son rôle de bon père de famille, constant dans ses exigences comme dans l'attribution des ressources dont il a besoin.

Un dernier mot

Ce livre consacré à mes cinquante ans de vie commune avec Radio France s'achève et, tout le temps de son écriture, une question lancinante m'a accompagnée.

Pourquoi revenir sur le passé alors que j'apprenais à vivre une nouvelle vie, à me réjouir de ces longs étés sur l'une des îles les plus saintes et les plus belles de Grèce, qui des années auparavant nous avait recueillies, mon amie Carole et moi, alors que nous étions anéanties par des séparations sentimentales que nous n'avions pas souhaitées ? Nous y étions désormais toutes les deux propriétaires de petites maisons et y possédions des cartes de résidente.

Fallait-il autre chose pour être heureuse ?

Pourquoi ne pas donner tout mon temps à ma famille, ce que je m'étais promis de faire alors que je l'avais ignorée pendant des années, obsédée jusqu'à la névrose par mon métier ?

Pourquoi livrer une part de ma vie privée et familiale ?

Pourquoi penser qu'avec ce témoignage de cinquante ans de vie dédiés à l'audiovisuel public je réussirai à convaincre ses détracteurs qu'il est notre dernier espace commun dans une société pulvérisée par les réseaux sociaux ?

La seule réponse qui me semble juste est qu'à l'heure où ma vie changeait si radicalement, en quittant une maison, Radio France, que j'avais habitée corps et âme pendant cinquante ans, il me fallait embarquer avec moi toutes les figures qui m'avaient accompagnée et portée pendant tout ce temps, les vivants comme les morts. J'avais besoin de les garder à portée de main, intactes et toutes proches.

J'avais besoin de consigner et de fixer les moments les plus intenses et les rencontres les plus stimulantes de cette vie dédiée à la radio, au flux de ces voix humaines qui consolent, nourrissent, emportent.

La séparation est toujours un exercice difficile. Avec ce livre, j'ai la conviction que rien de ces cinquante ans si précieux pour moi ne sera perdu, oublié, dispersé.

Écrire c'était aussi, je le sentais, une façon de m'approprier mes longues années d'analyse, de fixer là encore ce qui n'est que du domaine de la parole, du flux, de l'éphémère pour en restituer le sens et la cohérence. Ma vie personnelle s'est évidemment invitée dans ce récit et ne pas en livrer les moments les plus forts aurait été déloyal.

Aujourd'hui ma vie a pris un autre cours. Je n'ai à l'égard de l'ancienne ni mélancolie, ni regret, ni nostalgie, juste de la reconnaissance et du plaisir à la considérer. Rien ne m'a été donné facilement mais je n'ai jamais renoncé ni à batailler, ni à porter mes convictions coûte que coûte loin des conformismes et des dogmatismes. J'ai toujours su me réjouir d'être en vie, m'abandonner à l'ivresse d'un livre, d'une rencontre, de la couleur du ciel. Cette joie, il faut la saisir, la glaner, dirait mon amie Agnès, et cette force que donne la joie, je voulais aussi la transmettre.

Ce livre est une toute petite leçon de vie que je veux partager avec celles et ceux qui voudraient s'en emparer. Il aurait pu s'intituler « Jubilations ».

Que la jeune génération de ma famille, ma toute petite nièce Alysse, Siméon et Lucyle, Noémie et Cyril, Félix et Claire y prennent ce qui pourra les aider dans la vie.

Il est aussi fait pour eux.

Cet ouvrage a été composé
par Belle Page
et achevé d'imprimer en septembre 2025
par CPI BRODARD & TAUPIN (72200 La Flèche)
pour le compte des Éditions Stock
21, rue du Montparnasse, 75006 Paris
stock@editions-stock.fr

PAPIER CERTIFIÉ

Stock s'engage pour l'environnement en réduisant l'empreinte carbone de ses livres. Celle de cet exemplaire est de :
350 g éq. CO_2
Rendez-vous sur www.editions-stock-durable.fr

Imprimé en France

Dépôt légal : octobre 2025
N° d'édition : 01 - N° d'impression : 3062144
78-07-2743/6